田口麦彦

川柳入門
はじめのはじめ

飯塚書店

川柳の根本について

田辺聖子

田口麦彦さんは私が『川柳でんでん太鼓』という、川柳へのラブレターというべきエッセーを雑誌『小説現代』に連載していたときお手紙を頂き、かつ柳誌や句集も頂戴した。連載のあいだ、氏の懇切なご示唆やご助言に負うところも多く、大いに裨益《ひえき》された。そのお言葉の端々に、川柳への熱い愛情や、卓見がうかがわれ、川柳愛好者《ファン》の私としては一々に肯綮《こうけい》に当たるというか、

『なるほど、そうだ』

とわが意を得た思いもし、心強くも思った。

このたび、田口さんの『川柳入門 はじめのはじめ』によって、川柳にそそぐ田口さんの愛情と卓見が形をとってまとめられたことは嬉しい。

ここで田口さんは、やさしい文章で説明されてはいるものの、川柳の根本精神をまず提起していられる。氏はそれを、「こころざしが必要」という言葉で表現されている。文明

批評の精神を根本に据え、人間諷詠を中心にしたものが川柳である、と。

これは明快で格調ある定義であって、川柳の核がここに定まった気が、私にはしている。

それこそ、川柳と狂句を分ける勘所《かんどころ》というべきであろう。いまの川柳は、あまりにもたやすく作られるために、「新聞の見出し」風や、「交通標語」風や「知的ゲーム」風な句もごっちゃに混じって投げ出され、社会的評価においてかなり誤解される向きもある。

しかし「こころざしがあるべき」といわれても初心の実作者は得心がいかず、川柳の門《かど》口《ぐち》で、まず足がすくんでしまうであろう。そんなむつかしいものなら、とてもとても、と怯《ひる》む気持になるかもしれない。「こころざし」を説明して、田口さんは
「人間が生きて行くということは、どういうことなのだろうと問いかける」気持が出発点だといわれる。私もこの川柳の「核」の定義に賛成し支持する。

そういうと、一層、むつかしそうに思えるかもしれないが、ここには川柳の面白さ、たのしさをやさしく、諄々《じゅんじゅん》と説きあかしてあるので、ついつい引きこまれて終わりまで面白く読んでしまい、最後に至って奥義が何となく会得されるという仕組みである。

例句がおびただしくあげられているが、田口さんはご自分でも実作される作家であり、長年、後進の指導にも当たってこられたので、まことに視野が広く、あらゆる層に満遍な

く目くばりがゆきとどいている。幼児、学生、海外川柳作家まで網羅して、現代川柳の一大曼陀羅を見るようである。

まことに川柳ほど変幻自在にして奥ふかい楽しみを秘めたものがあろうか。卑俗にみえて卑俗にあらず、徹頭徹尾、人の世のおかしさ、人情の機微にこだわり、それでいて俗世に足をからめ取られず、心は自在にはろばろと天空をかける。そうして現代社会の証人となる。

田口さんが「〝いま〟を写し取らずして、何で川柳作家といえましょうか」といわれる所以《ゆえん》である。

それでは、そんな句を詠むにはどうしたら、――と、初歩作家は気ぜわしく思うことであろう。

それは、例句によって知らず知らず、体得されるであろう。例句の解説を読めば、川柳の鑑賞もともに学べるであろう。読み終えたとたんに、自分にも作れるような気がしてくる。

私は川柳は実作しないが、読むのは好きなので、本書の例句も大いにたのしませて頂いた。

私の好きな句はたくさんあったが、次のような句はことにも……。

かぶと虫死んだ軽さになっている　大山　竹二

人生凝視の句となっている。

スピーチの長い会社で食べている　田口　麦彦

骨太な男のユーモア。

違う男と見に来た海が荒れている　こだま美枝子

女性の心象風土が凝縮されている

拿捕船へ雪はななめに降り急ぎ　斎藤　大雄

社会句、時事句の佳什《かじゅう》である。

大宇宙両手ひろげた巾のなか　大嶋　濤明

天地と人間の人生が十七文字に籠り、人間存在の基底に迫る。

この溝を一緒にとんでくれますか　　高橋かづき

川柳は決して古びず、若々しい文芸であることを示す。

これらの句は本書で田口さんが説明される川柳の多様な要素を、それぞれ端的に立証する。そんな面白さも味わえて、本書は、入門実作家やベテラン作家に益するだけではなく、ただの川柳ファンにも楽しめる好読物となっている。

目次

第一章 川柳とは

1　川柳のはじまり

●「川柳」の名称――柄井川柳《からいせんりゅう》

「川柳」という文芸の名称は、人の名前からつけられました。

これは、他の文芸ではみられない珍しいことですが、よく考えてみると「人間くささ」に満ちた文芸だから、そのようになったともいえそうです。

柄井川柳という人がその人で、江戸時代後期（宝暦七年〈一七五七〉）に「俳諧《はいかい》」から分かれた「前句附《まえくづけ》」という一種の興行的文芸の点者《てんじゃ》（選者）として、特に有名だったことから、その俳号緑亭川柳の「川柳」が文芸の名前として、しだいに定着していったのです。

当時、数多くいた点者の中でも、選句眼が特に秀《ひい》でており、人柄も良く、公平に選句をすすめることで前句附作者たちの人気を集めており、その寄句《よりく》（応募された句）の数が一回に二万五千句を超えることもあったといわれています。

文芸の名称として固定化したのは「新川柳」が発生した明治三十六年前後といわれますが、その入選句発表の摺物《すりもの》（木版刷り）の『川柳評万句合《せんりゅうひょうまんくあわせ》』や、のちにその秀句を集めて出版した『誹風柳多留《はいふうやなぎだる》』などの名声を考えると、実質的には「柄井川柳」すなわち川柳のはじまりといってよいでしょう。

朱点打つ面影柄井八右衛門　　岸本《きしもと》　水府《すいふ》

●前句附

「前句附」というのは、室町時代からあった俳諧の附合《つけあい》（問答のようなもの）が独立したもので、柄井川柳のころになると、「前句《まえく》」（七・七）は、そのあとに作られる「附句《つけく》」（五・七・五）をうまく引き出すための便宜的な題のようなもので七音の繰り返しになっていました。

手傳《てつだい》にけり　手傳にけり　（前句）
神代にもだます工面《くめん》は酒が入り　（附句）
むつまじいこと　むつまじいこと　（前句）
碁敵《ごかたき》は憎さもにくしなつかしさ　（附句）
十ぶんなこと　十ぶんなこと　（前句）

だいた子にたたかせて見るほれた人　（附句）

おくりこそすれ　おくりこそすれ　（前句）

祭から戻ると連れた子をくばり　（附句）

気を付《つけ》にけり　気を付《つけ》にけり　（前句）

れんこんはこころを折れと生れ付き　（附句）

「前句」の題を出し、組連《くみれん》という各町々、各地方の団体の幹事を通じて、一般（武士・町人）に公募して集まった「附句」を柄井川柳が選んで発表した作品群です。入選句を摺物《すりもの》（木版刷り）にして配ったものを『川柳評万句合《せんりゅうひょうまんくあわせ》』といい、それは宝暦七年（一七五七）にはじめて出されてから、柄井川柳が没する前年まで実に三十三年間のロングランでした。

風止んで前句へ附ける筆をとり　田口　麦彦

●川柳の系譜（人名・号としての川柳）

初代川柳、柄井八右衛門は幼名勇之介、通称正通《まさみち》。享保三年（一七一八）生まれ。宝暦五年、父の八右衛門が隠居して江戸浅草新堀端・竜宝寺門前の三代目名主職をついで八右衛門となります。前句附点者としては、前述のとおり宝暦七年に万句合興行を行ない、以後、寛政二年（一七九〇）九月二十三日、享年七十三歳で没しました。辞世句は、

木枯やあとで芽をふけ川柳

と伝えられ、葬られた竜宝寺の境内に、その句碑が建立されています。そして毎年九月二十三日は「川柳忌（柳翁忌《りゅうおうき》）」として各地で記念句会など各種行事が催されています。

川柳と号ず其の他に伝はなし　井上剣花坊《いのうえけんかぼう》
七草や風も仲間の柳翁忌　脇屋　川柳

●『誹風柳多留《はいふうやなぎだる》』の刊行

柄井川柳が出題した「前句」に応募した「附句」の入選句の一回ごとの摺物《すりもの》が『川柳評万句合』であったことは、既に述べたとおりですが、これらの「附句」のうち「前句」をはぶいても独立して十分秀句として通るものを印刷物として出版したのが『誹風柳多留』です。

この『誹風柳多留』の刊行こそ、柄井川柳をして後世に知らしめる事業であったわけで、今日も古川柳のバイブルといわれるゆえんです。

初編は、明和二年（一七六五）に柄井川柳の片腕ともいわれた「呉陵軒可有《ごりょうけんかゆう》」（俳号木綿）が万句合の中から、七百五十六句を選んで発行されました。以来、天保九年（一八三八）までに百六十七編出されていますが、文芸的な価値が高いのは初代川柳時代の二十四編までであるといわれています。

『誹風柳多留』の初編の序に、「一句にて句意のわかり安きを挙《あげ》て一帖《じょう》となしぬ」とあるとおり、前句をはぶいて附句だけで世に問う――独立した文芸を目指すといったところに歴史的な意味があるのです。

『川柳評万句合』で示した柄井川柳のすぐれた選句眼を、さらに補強する形で同じ俳諧師仲間であった呉陵軒可有が支えて『誹風柳多留』を編集発行し、独立した文芸「川柳」への道を切り拓《ひら》いたといえましょう。もし、呉陵軒可有なかりせば、柄井川柳も単なる前句附点者《まえくづけてんじゃ》として終わったでしょうし、川柳の誕生もずっと後のことになったと思われます。

また、この出版で忘れてはならないのは、版元となった星雲堂初代「花屋久次郎」であり、柄井川柳よりも二十歳ほど若かった彼の積極的な後押しが、『誹風柳多留』をして当時のベストセラーに押し上げたといってよいのではないでしょうか。

柄井川柳のすぐれた人格識見と選句眼、呉陵軒可有の附句独立への先見性と編集手腕、そして花屋久次郎の若き事業家としての経営への情熱の三つが調和よく結集して『誹風柳多留』を成功させ、「川柳」という文芸が世の中へ歩き出したのです。

第二点者その名も呉陵軒可有　田口　麦彦
遅ればせながら花久偲ぶ句座　井上　恵世

2　定型――五・七・五のリズム

●一呼吸《ひとこきゅう》の詩――十七音

俳句は「有季・定型」（季語を含み、五・七・五の調べを伴う）である――というのが定説になっていますが、川柳をこれに対するかたちで定義づけると「無季・定型」ということになります。

連歌から俳諧へ、そしてこの俳諧から俳句と川柳が誕生したという歴史の流れからみると、それが一番自然ななりゆきのように思われます。

俳諧の中で、季題と切字《きれじ》（や・けり・かな等）がある「発句《ほっく》」が俳句となり、前句に対する「附句《つけく》」が独立して川柳になったという成立過程に違いはあっても、同じ五・七・五のリズムを基本とする点で、共通しているのです。

定型であること。十七音であること。これが世界でも珍しい日本独得の短詩の成立要件だと考えます。定型のみなもとである七・五調文芸は記紀万葉の昔にさかのぼるでしょうが、私はそれが近世になって五・七・五の十七音に凝縮してきたことを重く見たいと思います。

十七音定型とは、言いかえれば「一呼吸」の詩であるということです。一呼吸――つまり一息《ひといき》にということは、人間の生命維持の神秘に関係してくることであると思います。人間は、空気を吸ってはじめて生きています。その空気中の酸素を吸収する無意識、本能的な一呼吸――これが、人間の本源的なリズムと言えるのではないでしょうか。まして、日本人は四方を海に囲まれた列島の中で生きてきた農耕民族です。

土と、そしてその四季と相対する中で生まれてきた自然のリズム――これこそ十七音定型詩であると信じています。そして花鳥諷詠《かちょうふうえい》を主たる目的にしたものが、俳句であり、人間諷詠、社会諷詠を中心におくものが、川柳であります。しかしながら近年の社会構造の変化、生活態様の変容にともなって、俳句と川柳との垣根が風化したり、お互の芝生が入り組んできていることも事実です。

「俳句と川柳と、どこがどう違うのでしょうか?」という質問をよく受けるのも、それらのあらわれでしょう。

季語のない花温室に咲き乱れ　　田口　麦彦

私の作品ですが、社会構造が変わったうえに、価値感まで多様化してきて、軸になるものが薄れてきつつあります。菊もカーネーションも年中咲きほこり、トマトやキュウリなどの野菜も絶え間なく供給されます。いわば「季語」としての重量感がしだいしだいに薄れていく世の中となっているのです。

そういった中にあって、定型感覚だけは、日本人独特のものとして、ますます研ぎすまされていきます。

道を歩いても、「飛び出すな　車は急に　止まれない」という交通安全の標語に出会うし、「気をつけよう　甘いコトバに　暗い道」などという防犯標語が目につくのです。

「赤信号　みんなで渡れば　怖くない」のブラックユーモアがはやったのも、やはり定型が日本人のふるさとだと思えばこそ成立したものでしょう。

●凝縮された魅力——六大家の作品から

ぬぎすててうちが一番よいという　　岸本《きしもと》　水府《すいふ》

よく知られた句ですが、内容もさることながら、五音・七音・五音ときちっと決まっているだけに、リズムとしての落ち着き、安定感があるのではないでしょうか。よく「座り心地がよい」といいますが、それが定型の持つ良さなのです。

岸本水府は、大正二年二十一歳のとき番傘川柳社を創設、『番傘』の編集発行人となっています。本格川柳を称《とな》え、品格ある作風で知られており、中でもこの作品は人気ナンバーワンです。

一日を時計も十二打ち終り　川上三太郎《かわかみさんたろう》

今でこそ少なくなりましたが、どこの家の柱時計も一時間たつごとにボーンボーンと時刻を打ちひびかせていたのでした。「時計も」の「も」に人間の一日の労働の重さに対するいたわりがあるのです。

もし、この句の内容が散文で書かれたとするると、「も」の一語から滲《にじ》み出る感動は得られなかったでしょう。定型だから活かされた内容だと思います。

昭和五年、川柳研究社を興すかたわら、川柳の大衆化をおのれの使命とし、昭和三十年代には新聞、雑誌三十数種の選句を担当するなど、マスコミに対しての「川柳の看板」の役目を果たしました。後年は詩性川柳にも足を踏み入れましたが、本来、伝統作家で、その軽妙なことば遣いと比喩のたくみさには舌を巻く思いです。

子を持って教科書に名を書いてやる　麻生《あそう》　路郎《じろう》

なんと、当たり前のことを当たり前に言ってのけてドキッとさせるのでしょう。

「子供のためには、教科書に名前ぐらい書いてやるべきだ」これは教訓型。

「子供のために、教科書に名前をかいてやろうではないか」これは願望型。

文章に書くと、このようになる内容ですが、ここから読者に伝わるものは何もないのです。それでは、この句の内容は無意味なのかというと、そうではなく、むしろ現代の親と子の関係の一番大事な部分を射抜いていると思います。

それは、なぜでしょうか。「子を持って」という上五《かみご》のフレーズの重さを、「教科書に名を書いてやる」という事実の描写で一刀両断しているからだと思います。

特に「書いてやる」の下五《しもご》が「書いてやれ」でもなく「書いてやろう」でもないところがいいのです。定型の魅力は、リズミカルに、ほどよく切れて、しかも全体としてのハーモニーを持っているところにあるのでしょう。

そのコツを一番知っている人、情熱のるつぼで十七音字を創り上げる人、麻生路郎。

大正十三年、川柳雑誌社（現在の川柳塔社）を創設し、昭和十一年には川柳職業人を宣言して世の人をアッといわせました。

佃煮の何十匹をすぐに食べ　　椙元《すぎもと》　紋太《もんた》

これが「うがち」というものでしょうか。人間が生きて行くうえでの生ぐさい部分を、さらりと、しかも的確に表現してゆるむところがない――十七音定型だからできる離れ業なのでしょう。

絶叫型ではないだけに、そのパンチはボディにじわじわと利いてくるのです。

「川柳は人間である」と言うモットーは、禅問答のような曖昧さもありますが、それが信念となって作品に、文章に、そして行動に移されると、うなずかざるを得ない説得力があるのです。「私は『ふあうすと』雑詠欄に〝全人抄〟と標題をつけて、川柳は人間の全部を表わすものという意味を含ませている、あの気持ちで居ります。それは素っ裸の人間として、文学も川柳も知らない前の只の人間そのもの、ありのままの素直な人間、その人間が自分の願望なり本能欲までを、美も醜も構わずあけすけに曝《さら》け出す、それが土台です。」昭和二十六年に発表された「川柳は人間である。」の主張です。

昭和四年、ふあうすと川柳社を設立し、その誠実な人柄と包容力の大きさで川柳の輪を拡げて行きました。

五月かなものみな天をこころざす　前田《まえだ》　雀郎《じゃくろう》

格調の高い作品です。五月晴れの空を泳いでいる鯉のぼり。少しうわついた四月の花ざかりを過ぎて、今はかの坂本龍馬のように、まなじりを決して翔《と》び立とうとしているのです。薫風《くんぷう》がサッと頬に吹きつけて行きます。

受験戦争がなんだ。いじめがなんだ。人間はもともとたくましい生命力を持っているのではないか。そういった叫びが、この句から聞こえるのです。

散文の思いを——定型にする——五・七・五のリズムに乗せる——ということは、この「品格」を作ることでもあると考えます。

「川柳はもと前句附にはじまり、その前句を離れて単句として独立せるものである。前句附とは十四文字の短句を題とし、これに十七文字の長句を（或はその反対の場合もある）付けるあそびであって付合《つけあ》いの稽古《けいこ》として、古く宗祇《そうぎ》等の昔から連歌師の間に行なわれ、宗鑑《そうかん》には『犬筑波《いぬつくば》』というこれの選集さえあり、芭蕉もまた折に触れてこれにあそんだことが『はせを盥《だらい》』其の他の集にその作品が収録されているので知れる。」

これは、古句の研究に詳しく、博識多才であった前田雀郎氏の一文ですが、七・七の十四文字の短句であれ、五・七・五の十七文字の長句であれ、定型をなぜにとるかということにつながってくると思うのです。

はっきり言わせていただくならば、定型をとること——即日本人のこころなのではないか。七・五調のリズム詩を持つことが、四季の変化に恵まれた島国の中で生き抜くために必要なことだったのではないかと感じるのです。

七音プラス五音、合わせて十二音は日本人のひと呼吸の音数です。農耕民族の日本人にとってそれは最適のリズム感であると言えます。

そうでなければ、記紀万葉の時代から連綿として七・五調の定型が受け継がれることは、あり得ないのではないでしょうか。

前田雀郎氏は、大正十二年、都新聞柳檀の選者となって指導するかたわら、昭和十一年に川柳丹若《たんじやく》会を興して『せんりう』を刊行。著書も多いのですが、蔵書家としても知られ、その蔵書三千五百余冊と未発表論稿等が栃木県立図書館に「雀郎文庫」として収められています。

母老いてうどんをうまいものに食べ　村田《むらた》　周魚《しゅうぎょ》

グルメブーム、飽食の時代の真っ只中です。戦争体験のある私たちにとって、平和であることは何ものにもましてうれしいことなのですが、このような状況で果たしてよいのであろうかという反問があるのです。

「お金、アクセサリー、恋人、洋服、化粧品、インテリア用品」これは、ある大手プロダクションのオーディション応募者十万人へ、「今、一番ほしいもの」を選んでくださいというアンケートへの回答で多く選ばれた項目なのです。

この中には食べものが一つも入っていないことに注目してください。

アフリカ大陸には、飢えた子供たちが、たくさんいるけれども、この日本列島では、食べものは満ちあふれているのでしょう。

「うどん」が食べたいと思っている老母へ、マカロニやらスパゲティが食卓にならべられている――そんな光景を想像させるのです。

「母老いて」という上五で一呼吸おいて、読者自身に時間の経過を悟らせるのは実に定型だからこそできることだと思います。

村田周魚は、昭和九年に川柳きやり吟《ぎん》社の主幹となってから、不言実行を信念として地道に社中、社外作家の指導につとめ、戦災で焼失した「木枯やあとで芽をふけ川柳」の初代柄井川柳の句碑を昭和三十年に浅草龍宝寺に再建する際の中心的役割を果たしたのでした。

これまで、岸本水府、川上三太郎、麻生路郎、椙元紋太、前田雀郎、村田周魚の六氏、いわゆる六大家といわれる人たちの作品を例にして、定型の魅力を申しあげてきました。

定型はなぜ魅力があるのか――というのが最後の問いかけですが、私は「凝縮された魅力」であると答えます。「圧縮された魅力」と言いかえてもいいのですが、緊張と解放とが絶妙に交錯する十七音のリズム感が私たちをとらえて放さないのです。

3　口語、時により文語

●川柳は現代文——口語で詠む

川柳は、原則として「話しことば」——口語で作ります。

口語に対するものとしては、「書きことば」——文語がありますが、平安時代のことばをもとにした「書きことば」であった文語は、古典文となり、現在では口語文が文章としても使われています。

同じ短詩型文芸の中でも、「短歌」は「和歌」を源にするために文語基調であり、「俳句」も「や」「けり」「かな」などの切字《きれじ》が文語であることから、文語表現で仕立てることが多いのに対して、「川柳」は、「前句附《まえくづけ》」の「附句」が独立したという発生過程と、その母体が町人や一部の武士層であったということから、誕生のときから「口語」による表現となっています。

あかぬ事かな　あかぬ事かな

是《これ》小判たった一《ひ》ト晩居てくれろ

柳多留　初篇

今ならば、一万円札でしょうか。いえ、もっと上の貨幣、十万円記念金貨ぐらいの値打ちがあるのではないでしょうか。たまたま何かの事情で、小判一枚を手にした、一夜でよいから自分の手元にいてほしいといった庶民の偽らない気持ちが、口語体でよく出ている古川柳です。

たのしみな事　たのしみな事

柳多留　初篇

言いなづけたがいちがいに風《ママ》を引き

少し艶っぽい句ですが、現代からみるとつつましいものです。「たがいちがいに」という言いまわしが、この句の生命でしょう。口語は、日常語ですから、俗っぽくなるのは当然のことと受け止めなければならないのです。現代に生きているという感覚、現代性は口語だからこそ達成できるものだと信じています。この句、「たのしみな事　たのしみな事」という前句題にあわせて考えると、さらに味わいが出てくるのではないでしょうか。

添え乳《ぢ》して棚にいわしが御座りやす

柳多留　十四篇

「でんでん太鼓に笙《しょう》の笛」と乳飲み子に母乳をやりながら寝かしつけているところへ、ご亭主が帰ってくる——そこで、というわけでしょう。口語、なかでも会話体の軽妙なタッチがこの句の持ち味なのです。「御座りやす」は、現代語では「ございます」という敬語になります。

かぶと虫死んだ軽さになっている　大山《おおやま》　竹二《たけじ》

文語は格調が高く、口語は卑俗である——と思っている人には、この作品の深さを見せてあげたいと思うのです。たしかに写生ではありますが、その写生は単なる風景ではないのです。人間そのものの生きざまを汲みとっているといえます。それも、つるべ井戸の水を汲み出すように、ふかーい、ふかーい、ところで。映像文化のおかげで、見たこともないことを、あたかも実際に体験したように思い込む。そういった伝聞の作品が多くなってきている中では、この句はさらに光を増すのでしょう。古代の人たちが、死後の世界をも覗き見てミイラを作り上げることに熱心だったことを、いま思い起こしています。口語体で作られた句。本音《ほんね》の句の強さを、この作品に、この作家に感じるのです。

●時により文語

川柳は口語で詠むのが原則である——と申しましたが、原則には、常に例外があるものでして、この場合は、どうしても文語でなければ決まらないという個所も出てまいります。

十七音という制約の中で、私たちの手の中にある日本語をどのように適切に選択し、それを上《かみ》五《ご》、中七《なかしち》、下五《しもご》それぞれの個所に有効に駆使して行くか――これが文芸をこころざすものの使命なのです。

そういう意味で「や」「けり」「かな」などの俳句の切字《きれじ》や、一般に慣用的に文章として使っている文語を取り込んで、作品効果を上げるという技法は許されるべきだと考えます。

思い出に寒い景色はなかりけり　前田　雀郎

ここでは「なかりけり」が文語になるわけですが、これを口語体に直して「思い出に寒い景色はありません」としては、全くの散文になってしまって余情も何もありません。

少しましな言い換えで「思い出に寒い景色はなかったよ」としても、作者が意図した、十七音全体でかもし出すハーモニーが奏でられません。

やはり、中七の「寒い景色は」に合わせて「なかりけり」と回想風、詠嘆調でもってくるのが最適だということになります。同じ作者の句、

正月も三日の寒き夜となり　前田　雀郎

の「寒き夜」の「き」は必然でして、やはり「寒い夜」ではいけないと作者が考えたのでしょう。たった一字のことですが、その一字で「ことば」が持つニュアンスが決定的に変わります。

今は、そうではないでしょうが娯楽が少なかった明治、大正、昭和初期においては正月の三日間はどんちゃん騒ぎをする、年始廻りで酔いつぶれるまで飲む、といった風習があったのです。

その「宴《うたげ》」の終わりに来るであろう底知れぬ淋しさを「寒き夜」と表現したわけです。折しも、外には小雪がちらつきはじめました——その窓外の雪降るさまを雀郎氏が十七音に写しとった——と、こう私は解釈したいのです。

今なれば商敵になるのれんわけ　　岸本　水府

仮に、「今ならば商敵になるのれんわけ」としてみましょう。それはそれで意味としても、内容としても十分なのでしょうが、でも何かもの足りない——という気になるのです。

これも「れ」と「ら」とのたった一字の入れ換えなのですが、微妙な違いを感じないでしょうか。

そうです。その一字の違いが句の品格を変えるのです。「今なれば」というのは、歴史的な時間の経過と、それに伴っての感懐がこめられているわけですが、「今ならば」というのは、単なる理屈におちいってしまうのです。少なくとも、この場合は前者が正解であることは言うまでもなく、句の品格というものに人一倍神経を使っていた水府氏の意図もそうだったに違いないと考えます。

門標に竹二としるすいのちかな　　大山　竹二

胸を患っての長い長い療養期間。もう余命いくばくもないと悟るとき、この句が生まれたのです。川柳に賭けた雅号「竹二」の重さ、「いのち」の重さ。そしてそれをつづる「かな」の重さをよく見てください。切字というのは、それによって空間の美（余情）を作ることなのです。切字で断ち切ることによる「無」の世界を竹二氏自身が知っていたと思うほかありません。ふあうすと川柳社の重鎮。五十三歳の若さでこの世を去りました。

恋人の膝は檸檬《れもん》のまるさかな　　橘高《きつたか》　薫風《くんぷう》

同じ「かな」でも、これはずいぶんまるい「かな」です。レモンのまるさ、膝のまるさを相似形にしての「かな」で、ふくいくと余情がただよって読者を画廊の中の一枚の絵に釘づけにします。切字は、どちらかというとその本質上、断ち切ってしまうきびしさがあるのですが、この「かな」は軽く使われています。写す対象とのとりあわせの中で、切字をうまく使い分けた作者の手柄というべきでしょう。

人の世や　嗚呼《ああ》にはじまる広辞苑　　橘高　薫風

これも作者の代表的な作品です。

「や」の切字が入っていることに注目しましょう。「嗚呼《ああ》」は五十音順にそろえる辞書の冒頭に出て来る感動詞なのですが、それを数ある辞典の中でも『広辞苑』（岩波書店）に代表させてインパクトがあります。人生の中で起きる喜怒哀楽を「ああ」のひとことに象徴させたあっぱれな表現法ではありませんか。

作者の品格ある句風は今なお多くの人たちに慕われています。「川柳雑誌」を創設した麻生路郎に師事し、その没後創刊された「川柳塔」（川柳塔社・大阪市）の編集長を経て平成六年「川柳塔」主幹に就任、多くの有為な作家たちを育てました。著書も多く、句集に『有情』『檸檬』『肉眼』『藍染』『古稀薫風』集大成としての『橘高薫風川柳句集』のほか『なにわ川柳にみる大阪』など大阪の人情、風物にちなんだ著書があります。

平成十七年没、享年七十九歳でした

4　人間を詠む

●俳句は「もの」、川柳は「こと」

俳句は自然を詠み、川柳は人間を詠む――この境界の垣根は雨ざらし日ざらしで、かなり風化していますが、本質的には変わっておりません。同じ十七音の詩型ですから、個々の作品に現れた現象面だけをとらえれば、見間違えるものも少なくないでしょう。

しかし、性根を据えてよく見ると、その出発点が違うことに気づくはずです。

俳句は、物（もの）に託する十七音詩ですが、川柳は、事（こと）を通して思いを述べる十七音詩です。俳句が人事や生活を題材に句作しても、それは、あくまで「もの」への添えものとして、いわば脇役として扱うのに過ぎないのです。

したがって、俳句は「人間」とか「社会事象」はぎりぎりに抑え込んで、「もの」の引き立て役として五・七・五に詠み込むもので、主役はやはり自然なのです。

これに対して、川柳のほうは、もともとすべての対象を題材にして思いを述べるわけですから、自由奔放にふるまえばよいわけです。

「きれいな花」「すばらしい景観」に目をとめ心を動かされて作句したとしても、それは、自然という「もの」に主役を譲ったわけではなく、それに感動した「人間」そのものの心の動きや、人生のあり方について十七音につづっているのです。

たとえば、教科書にものっている有名な蕪村の句に、

月天心貧しき街を通りけり　与謝　蕪村

というのがあり、これは「貧しき街」というとらえ方に社会的関心があるやに見受けられますが、やはり主題は「月の美しさ」に対する脇役としての位置で詠んでいると思うのです。

これに対して、川柳作家が感じる月は、

月はまるく六法全書ふところに　柴田《しばた》　午朗《ごろう》

と、月の美しさに感嘆しながらも、その月下でこころざしを抱いて人生を突き進んで行こうとする青年の気概、決意をうたおうとしているのです。この句は、柴田午朗氏の第一句集『母里』に収められており、おそらく京大法学部在学中の心境を十七音に託したのであろうと、読みとりました。この句を目にしたとき、私自身も条文のすき間が真っ黒になるまで書き込まれた「小六法」を小脇にかかえて、司法試験にチャレンジしていたからです。

法学部生ならば、だれでも一度はトライしてみようかと思うこの難関に向けての勉学の日々にあって、「お月様がまるい」ということが、いかに救いとなったかがよくわかるのです。

月の夜ダイヤにはない汽車がゆく　　柴田　午朗

これは、『母里』『痩せた虹』に続く、第三句集『黐《もち》の木』の作品ですが、前句とくらべて歳月の経過が感じられるのではないでしょうか。

八時六分広島駅にひとが待つ　　柴田　午朗

「広島にて」の三句の中の一句です。絶叫型のひろしま忌の句の多い中で、この作者は淡々と事実を述べていて、それでいて深く人間を、そしてそこから広がる社会をみつめているのです。

かまきりはかなわぬまでもふりあげる　　井上剣花坊

川柳中興の祖といわれる井上剣花坊の作品です。大正十年に詠まれたもので、当時の庶民の苦しみを代弁した抵抗の詩というべきでしょうか。蟷螂《とうろう》の斧《おの》を振り上げるべきだと思ったのでしょう。

はたらいたばかりで死ぬる蟻《あり》となり　井上剣花坊

昭和二年の作品。「革新の心掛無き者は川柳家に非ず」と檄《げき》を飛ばし、「狂句百年の負債」を返さんと、古川柳と訣別し新川柳の旗印を掲げました。「かまきり」や「蟻」は、体制の中で振りまわされる人間の代名詞なのです。

咳一つ聞えぬ中を天皇旗　井上剣花坊

剣花坊の代表句として、よく知られる句で、この作品が生まれた時代の背景が活写されています。大正天皇御大典の観兵式のとき詠まれたもので、この句碑が、鎌倉建長寺にあります。

●人間をみつめて

微温的批評もとより聞き流し　佐藤《さとう》正敏《まさとし》

「もとより」に作者自身の人間をみつめる気持が感じられます。そういえば、私たちの周囲には、なんと人生には何のかかわりもない「微温的批評」があふれていることでしょうか。

薬のむときの淋しい眼を見られ　　佐藤　正敏

老病苦死は世のならい。「平家物語」の一節を引かずとも、人間のいのちには限りがあり、いまの若者も間違いなく老いの日、病いの日を迎えるのです。「お金」万能の世の中にあっても、お金で寿命を買い求めることは絶対にできないからです。

有限だからこそ、光るいのち、その光の一瞬をとらえて作品として後世に残す——これこそ作家としての使命であると信じています。

片づいた部屋に時計も合っている　　佐藤　正敏
息をのむばかりに水が澄んでいる　　〃
家計簿にみつ豆とあり妻若し　　〃
子が本を読んでて心やわらぐ夜　　〃

昭和四十年に出した句集『ひとりの道』の中の作品ですが、その表題のとおり、みずからが歩いて来た道を、みずからの灯《あか》りで照らしているのでしょう。

「自分と句によって格闘することは、或る意味では自分を削ることである。生命が句に移乗してゆくことである。これは句づくりが下手では到底出来ない。と言って、上手のそれだけでは尚更不可能である。いや却《かえ》って上手が災いする。初心に還って、しかも万貫の重きを背負って歩む――それは愉しい悲劇ですらある。そして結局は孤独に終る。〈この道をゆくことといよいよ深ければ、われはいよいよ孤独なり〉と私が常に言うのはこのことである。しかもそれは句作者の宿命であるし、それでいいではないか。」

師と仰いだ川上三太郎氏の序文のことばですが、さすが、この師にしてこの弟子ありという感じがするのです。川柳研究社の『川柳研究』を、渡辺蓮夫氏にバトンタッチするまで編集を一手に受け持っていた作家で、関東はいうに及ばず東日本川柳界の頼れる親分として、後進の指導に当たっており、昭和五十四年に川柳人協会川柳文化賞を受けています。

死ぬときも乳房が二つあるように　森中恵美子《もりなかえみこ》

女流時代といわれる川柳界の中でも、時実新子さんと並び称されるのは、この作家をおいて他にありません。五十九年に、「母はまだひとりでまたぐ水たまり」の主題であったお母さんを亡くし、そして六十年には家屋・家財すべてを火災で失うという不幸が続きながらも、句作はもとより、川柳の社会普及のための活動を精力的に続けられています。

番傘川柳社副幹事長、NHKラジオ川柳選者、NHK学園「川柳教室」講師などのほか、全国各地の川柳会に足を運んでいる実践的指導者で、第十五回三條東洋樹賞を受賞しています。

この作品の、「死ぬときも」というのは、決して誇張ではなく、常におのれのいのちの鼓動の中に「川柳」という文芸を置いて、自分をみつめ続けているから生まれた作品だと思います。

「作品には、その作家の存在感がなければいけません。恵美子の句には恵美子がいなければ、新子の句には新子がいなければ、冬二の句に冬二がいなければ作品の意味がありません。」と、NHK学園川柳教室会誌『川柳春秋』第二号の大木俊秀氏との対談の中で話しているとおり、恵美子川柳の魅力は、ごくありふれたことばで自分の思いを紡ぎ続けているところにあるのでしょう。


ショパン聞く女キャラメルぽいと食べ　　森中恵美子

若いころの作品と思われます。自分にヴェールをかぶせたまま、他人に話しかけても、相手は心を開いてくれません。自分の心を裸にすること、ここから川柳は始まるのですよということを、この作品が教えてくれるのではないでしょうか。

「キャラメル」ということばさえ遠くなりつつある昨今、特にそのような思いがしてならないのです。

助かった命それから金のこと　森中恵美子

まず一番に「いのち」、そして「お金」。そんなことわかりきっているじゃないかという人には、この句のおろかな哀しみは永遠に理解できないでしょう。

姉妹の器量をすぐにくらべられ　森中美恵子
好きだった人へ水引きかける品　〃
深爪が痛む別れてより久し　〃
子を産まぬ約束で逢う雪しきり　〃

情の句といえば恵美子。恵美子川柳といえば「情け」といわれるように、この作家のすばらしい感性に魅了されるのです。

人間バンザイ。川柳は人間を詠むことによって、この世の通行手形をもらっているのです。

5　社会を詠む

●社会詠こそ川柳の特質

川柳は十七音の定型詩で、口語が原則であり、人間を詠む――というところまで申しあげてきましたが、たいせつなことが、もう一つあるのです。

そうです。それは「社会を詠む」ということです。人間を詠むということを突き進んで行くと、その人間が合意のうえで形づくった集合体であるところの「社会を詠む」ということに行きつくのだと考えます。

川柳が誕生した江戸時代までさかのぼってみても、五・七・五の十七音で表現しようというものは、個人の感情――つまり人情のほか、社会風俗、習慣、行事そして時の施政者に対する批評といったものが混然となって詠まれていたわけです。

もちろん、当時には、今日のような言論の自由はなく、まともに政治を批判することなど許されなかったのですが、それでも「うがち」の手法を借りたり、歴史上の人物になぞらえて、チクリチクリと諷刺をしていたのです。

役人の子はにぎにぎをよく覚《おぼ》え　柳多留　初篇
役人の骨っぽいのは猪牙《ちょき》に乗せ　柳多留　二篇
人は武士なぜ町人になってくる　柳多留　五篇
義貞の勢はあさりをふみつぶし　柳多留　初篇
国家老江戸へかぶりをふりに出る　柳多留拾遺　二十篇

一句目は役人の収賄の多いことを諷刺したもので、その痛烈さ故に、寛政の改版本では削られたそうです。二句目は、役人にも賄賂で落ちないものがいたと見え、そういった手合は猪牙舟という吉原の遊里通いの舟に乗せて酒、女で攻略したというものです。三句目の「人は武士」は太平が続いて勝手元不如意となった武士が町人に変装して質屋通いをしたさまを詠んだものでしょう。四句目「義貞の勢は」は新田義貞が剣をなげて海を干潟《ひがた》にし軍勢を鎌倉に進めたことをいったものですし、五句目の「国家老」は江戸家老が融通が利きすぎるほど軟弱なのに対して、国家老が頑固一徹の硬骨漢であることを巧みに対比させて詠んでいます。

このように、川柳は発生の過程から社会にかかわり合ってきたものであり、現代のような多岐多様に複雑化した社会においては、当然、詠まれるべき対象だと思います。

むしろ「川柳を他の文芸と異なった分野に屹立《きつりつ》させることができるのは、社会詠である。」と私は主張しています。

社会詠といっても、狭義の時事川柳にこだわるものではなく、もっと広い意味の社会の批評、いわば「文明批評」といったものを指すのです。
もし、川柳が文明批評を放棄したならば、いったいどの文芸がその役割を果たすというのでしょうか。私は以上の理由から、社会詠こそ川柳の特質だと考えています。

●現代の社会詠

十二月八日忘れるものですか　　田口　麦彦
昭和完結　背表紙に「戦争と平和」　　〃

これは、長い長い昭和という時代が終り、平成と改元された年に発行した『昭和紀』（北羊館、一九八九年）に収めた私の作品です。

「昭和紀」は川柳で表現した「昭和集大成」ともいえよう。また「昭和かくありき」という昭和批評でもある。社会・文化・政治・スポーツ、あらゆる方面に、昭和生まれの田口氏のはつらつたる感懐が吐露される。

私が敬愛し続ける作家、田辺聖子先生が本書解説の中でこのように過分のご紹介をいただきました。

「十二月八日」は、いうまでもなく昭和十六年十二月八日、太平洋戦争の始まった日のことであり一方、アメリカ国民にとっては、「Remember Pearl Harbor」としていまだ強烈に記憶されていることでしょう。

平成七年一月十七日　裂ける　　時実　新子

これは、みずからも被災された阪神大震災を詠んだ新子さんの一句。句集『悲苦を超えて』阪神大震災作品集（編集工房　円、一九九五年）の冒頭に収められています。

九・一一わたしは何も見なかった　　田口　麦彦

二〇〇一年九月十一日。世界中の人々を驚かせたアメリカ同時多発テロ事件があったあの日あの時。みなさんはどのように過ごされておられたでしょうか。

多くの日本の家庭では夕食後の団欒の時を過ごしていたのではないでしょうか。

突然テレビ番組が中断され、なんと飛行機がビルに突っ込んで行く瞬間が映し出されたのでした。それも一度だけではなく、二度までも。

私は、その時コーヒーカップを手にかかえたまま呆然と突っ立っていました。

こんなことはあり得ない――きっとアニメか何かの画面とすり変わったのではないか。

現実に起きたこととは、にわかには信じられなかったのです。


そして三・一一。不幸にも起きてしまったこのたびの東日本大震災。多くの地震断層の真上にある日本列島に住む私たちは、これから長い試練に耐えて行かねばなりません。

そういう事象にどう向き合って生きて行くべきか。それを表現者のひとりとしてどのように表現して行くのかが問われています。

社会の出来事は時々刻々変化して行きますが、よく観察をしてその本質は何だろうかとキャッチする感性が求められます。

感性は人によって千差万別。違いがあって当然です。「自分はこう感じる」ということをキチッと五・七・五にリズム良くまとめて表現すれば良いと思います。

●鶴《つる》　彬《あきら》　作品から

手と足をもいだ丸太にしてかへし　　　　鶴　彬

社会詠といえば、反戦川柳の旗手、プロレタリア・リアリズムの作家、鶴彬の作品を、まず思い起こさねばならないでしょう。

日中戦争たけなわの昭和十二年十二月、思想犯として特高警察に逮捕されて収監され、拷問をくりかえされたが節を曲げず、昭和十三年九月十四日ついに獄死したのです。

その壮烈な生き方は、中流志向の平和な時代では、全く想像もできないことですが、自分のからだを張って不条理かつ非人間的な戦争に反対し続けた批判精神が作品にほとばしっています。この作品は、五体満足なからだを戦場に送りこみ、たとえ一命をとりとめても、手足をもがれた傷病兵としてしか生き長らえることができないではないか——との軍閥への痛烈な一矢だったのです。

屍のゐないニュース映画で勇ましい　　鶴　彬

「欲しがりません勝つまでは」「鬼畜米英」「撃ちてし止まん」と国民の戦意を鼓舞して一路、戦争を拡大して行った日のことが、つい昨日のことのように思い出されます。

吸ひに行く　姉を殺した綿くずを　　鶴　彬

五・七・五の短い詩型であるだけに、よけいなものがなく、その批判の刃はまことに尖鋭です。女工哀史などという修飾語は必要ないほど、底深いところから、社会悪をエグり出しています。

神様よ今日の御飯が足りませぬ　　鶴　彬

素材をかなり抑え込んで作られた句ですが、「神様よ」の「よ」に苦しみ喘いでいた庶民の生活の叫びが聞こえるのではないでしょうか。これは、大正十五年の作品です。

万歳とあげて行った手を大陸へおいて来た　　鶴　彬

「手と足をもいだ丸太にしてかへし」と同じ内容ですが、こちらは、五・七・五のワクをはずれているだけに、また別の凄味が感じられます。何度も呪文のように、この句を口ずさんでいると、不思議にリズム感を持った訴えとして肌に伝わってくるでしょう。

をんどりみんな骨壺となり無精卵ばかり生むめんどり　　鶴　彬

「しやもの国綺譚《きたん》」と題して『川柳人』（井上剣花坊創刊）に連作として発表した中の一句です

が、一億あげて国策遂行を称えていた時期に、このような激しい作品をあえて世に出す勇気を持ち合わせていたのです。

二十九歳の若さで散った鶴彬の作品は、川柳という文芸の使命は何であるかを私たちに訴えているように思います。けだるい平和が続くこと、それは、たいへんしあわせなことなのですが、その中にあっても鶴彬の生涯を思い浮かべるひとときを持つこと――これは、人間本来の生き方につながることではないでしょうか。

第二章　何をどう詠むか

1　身のまわりから――ジュニアの作品

●「かもしからんど」（小・中学生作品）

地図を開くと、日本列島の本州の一番上の部分に、マサカリのような形をした半島がありますが、青森県むつ市川内町《かわうち》は、その下北半島の陸奥《むつ》湾に面したところにあります。月刊川柳雑誌『かもしか』を発行している「かもしか川柳社」の発行所は、その川内町にあって、若い若い川柳作家たちを育てつつあるのです。代表者杉野草兵、編集者高田寄生木《やどりぎ》等の同人スタッフで毎月、新鮮な作品を発表し続けていることで定評がありますが、中でも「かもしからんど」というジュニア専用の誌面を設けて、五、六歳の幼児から中学生にいたるまでの子どもたちの川柳指導を行っています。「子どもは風の子ちいさな詩人」工藤寿久講師の担当で続いているのです。

うぐいすがはるがきたよとないている　　五歳　たけなみとしゆき
かかしさんいいねをまもってごくろうさん　　幼稚園　小川さとみ

五、六歳の子どもたちにとっては、人間を詠むことが主題の川柳は、むずかしいかも知れません。しかし、身のまわりのことを自分の目で見て、それを素直に表現するという点では、いちばん秀でているのでしょう。おとなたちのように、建前《たてまえ》と本音《ほんね》の使い分けを知らないことも、この場合は、よいほうに働くと思うのです。

「うぐいす」の声を春のおとずれと感じ、田圃《たんぼ》の中で雨風にさらされながらも突っ立っている「かかし」の姿を、「たいへんだなあ」といたわる心こそ、たいせつなのだといえましょう。

やねのゆきおはなししたくておりてくる　小学一年　武尾まこと
お母さん今日もおこってつのを出す　小学二年　佐々木孝徳
ガリバーが雪を食べたらもう春だ　小学三年　若松　昌幸

雪におおわれた東北の冬は、子どもたちの目にも、きびしいものと映っているようです。小学生ともなると、あるときはファンタジックに、また、あるときは現実に返って、お母さんのお小言を観察するという具合に、受けとめかたが変化してくることが作品から覗《のぞ》かれます。

とけいはね　みじかいはりがなまけもの　小学三年　神田　寧子

長い針が働きもので、短い針がなまけものだという、ものの見方は、川柳でいうところの「みつけ」の手柄というべきもので、このあたりから感性のきらめきを五・七・五のリズムに乗せる作品がでてまいります。

今日もまた雨で悲しさ忘れると　小学四年　村谷美智子
祭にはたいことふえがあればいい　小学四年　沢野まど香
あしたへと時間がすすむ今日でした　小学四年　村中亜紀子

小学校四年生になると、リズムのとらえかたがうまくなり、情緒的にも安定した作品がみられるようになってきます。「忘れると」の余白の使いかた、「あればいい」の突き放し、「今日でした」と回想風に結ぶテクニックなど、なかなか大したものだと感じます。
体操競技などで、よくローティーンの選手たちが、身軽にクリックリッとからだを反転させる場面を思い浮かべさせる一連の作品群です。

山をみて山より大きくなれるかな　小学五年　長川　理架
絵の具はね小さな命のアーティスト　小学五年　福士　優子

スケッチブックを小脇にかかえて写生に行っても、川柳に目覚めた子どもたちは、単に景色だけを写しとってくるのではありません。そうです。自然と相対する人間の生きかたのほうにウエイトがかかってくるのです。身のまわりの小さなできごとから、大きな大きな未来の姿をのぞき見る――これが川柳の特質だといえましょうか。

バラの花　人の心をよんでいる　　小学六年　尾子　操

自然と人間との結びつきを、これほど簡潔に言い切れるのは、子どもの澄みきった感性でしか考えられません。えてして、こういう題材をおとなが扱うと、きれいに形よく仕上げようという気持が働いて、肝心の「たましい」のほうは、ぬけがらになってしまいます。

「よんでいる」という口語、もっと端的に言えば、日常使っている俗語だからこそ、人間の詩《うた》として生きてくるのだと思います。

素材は、俳句に向いているように見えて、俳句ではとらえきれない人の心のはざまを、この作品が射当てたのだと感じています。

日常使い慣れている口語は、ある意味では、手垢に染まりすぎているかも知れません。でも、それを自分の手で、もう一度洗い直して、自分自身のたしかなことばとして再生して使う――ここに詩人としての使命があるのではないでしょうか。

出かせぎの父さんかえる春をまつ　　　中学一年　奥崎　誠

東北地方は、昔から出かせぎが多いことで知られていますが、これは気候・風土のきびしさ、労働力と産業とのアンバランスがもたらしたものといわれています。

当然、子どもたちの目にも、出かせぎの実態が迫ってくるわけで、「かえる春をまつ」というのは、その切ない気持を訴えたかったのでしょう。

中学生にもなると、身のまわりのことから、その延長線上にある社会の実態にまで目が行くようになるのです。

「待つこと」「耐えること」のつらさ、これは体験したものだけが知るものでしょうが、そういった過程で形成される人間の強さ、粘りといったものは、テレビドラマ「おしん」の中で、余すところなく描写されました。

パラソルは一本足のバレリーナ　　　中学一年　三上かがり

人形は夢をもってるようせいだ　　　小学五年　佐々木　優

これは、昭和六十年七月に行われた第四回青森県子ども川柳まつりの作品ですが、フランスの作家ルナールの『博物誌』を思わせるようなみずみずしさを感じます。子どもたちの身のまわりから旅立つ作品の清涼感。これを、私たちおとなも学ばなければならないと思います。

麦を踏むこの子もやがて麦ならん　　工藤　寿久

「かもしからんど」を受け持つ工藤寿久氏のこの一句が、子どもたちへ二十一世紀の未来の光を当てていると感じました。

●高校生川柳コンクール

優勝の夜はボールを抱いて寝る　　佐賀商業高校二年　池上　透

これは、昭和五十四年からはじまった佐賀県下高校生川柳コンクール第一回の一位入選作品です。選者は、佐賀番傘川柳会会長の北島醇酔《じゅんすい》氏と番傘同人で高校の先生でもある菖蒲正明氏が担当して、以後、毎年続けられています。

スカートの採点もするえんま帳　　佐賀東高校　一年　無津呂君代

というユーモラスな作品が一位に入選した第二回は、応募校九校、応募者九七八名、応募句数は実に二二三六六句という盛況でした。この時の課題は「先生」「廊下」で、二位、三位には次のような作品があり、先生と生徒の対話不足がいわれていた当時、明るいニュースを提供したのです。

先生の背に紙ヒコーキが命中し　佐賀工業高校三年　武冨　文弘
先生の見ぬ間にまわすとらの巻　佐賀東高校　二年　園田　晃子
先生のあだ名はぼくが名付け親　佐賀工業高校三年　木下　浩光
先生をおだて試験のやまをきき　佐賀工業高校二年　大野　唯夫
先生のチョーク隣の席に飛び　佐賀工業高校三年　土山　政信

これらの作品を見るかぎり、先生と生徒の間には、親しみの感情こそあれ、校内暴力に発展する憎しみの要素はないのです。身近な題材を、自分の手元に引き寄せて、一人称で五・七・五につづっていることが見られるでしょう。

2　情け・飢え

●心が青い「情け」

「情け」ということばは、たいへん広い意味で使われています。人間の本源的な親子の情愛、夫婦の情、友情にはじまって人類愛、国際交流にいたるまで、「人の情け」にまつわる事象は、大きくそして深いからでしょう。

人情、愛情、慕情、情愛、情熱、情緒……と続く熟語を見てもわかるように、人間の心の問題として取り上げるかぎり、川柳として詠まれる対象は無限にあるといってよいのではないでしょうか。

女湯へおきたおきたと抱いてくる　　柳多留　四篇

よく知られた古川柳ですが、会話体を使ってほのぼのとした情愛の雰囲気を出しています。

もっとも、今どきの若い人たちには、銭湯、共同浴場のしくみから説明しなければならないかも知れませんが、文字どおり裸のおつきあいであった銭湯は、庶民のコミュニケーションの場、人情の発生源として、たいせつなところだったのです。

抱いた子にたたかせてみる惚《ほ》れた人　　柳多留　初篇

現代は、バレンタインデーにチョコレートをプレゼントするという方法があるのですが、江戸時代の娘さんには、それもかなわず、お隣りの子を借りての愛の表現だったわけです。男女の交際にもきびしかった時代、「憎からず思う人」への間接的な働きかけでよしとしていた奥ゆかしさが作品からただよっています。

碁敵は憎さもにくしなつかしさ　　柳多留　初篇

『川柳評万句合《まんくあわせ》』では、下五《しもご》の「なつかしさ、」が「なつかしく、」となっていますがそれは『柳多留』に収録するときに「なつかしさ」の歯切れの良さをとったからでしょう。

この作品の内容も、そのまま現代に通じるものがあります。勝負事というものは、あくまで相手があってはじめて成り立つものであり、この場合の囲碁の腕前は、プロ級のそれではなく、あくまでも「ざる碁」「石垣碁」の類なのです。碁は、一つのコミュニケーションの手段であって、何が何でも勝ち抜くことが目的ではありません。

お互いに言いたいことを言い合って、パチリパチリと碁盤に黒石、白石を打ちかわす——この情が通ってくるからこそ、「憎さもにくしなつかしさ」となるのでしょう。

「情」という字は、分析すると「心が青い」ということなのです。

心の青さを持ち続ける、これこそ「情け」であるといえるのではないでしょうか。


雨の通夜くるべき顔はちゃんと来る　片岡つとむ

現代作家が詠む「情け」です。義理、人情とよくいわれることは、何も演歌の世界に限ったことではないのです。人間の生き死にという節目節目をピシッと心得て、しかもそれを実行することは、人間の生命の尊厳に対する当然のエチケットであります。

「雨の通夜」という舞台装置の上で演じられる人生劇場を、「くるべき顔は」「ちゃんと来る」と言い切る作者の人生観が裏打ちされた作品です。


許すとも言わずに父は酌いでくれ　平井与三郎

父と子のドラマのワンカットを十七音で詠みつくしています。無言の行為の中にあふれる「情け」。これは理屈を越えたものでしょう。

「酌いでいる」だけでは弱く、「酌いでくれ」と自分の方に引き寄せて詠み込んだために作品が盛り上がってきています。親子の情愛が続くかぎり詠《うた》い継がれる息の永い句です。

ブランコに妻とゆれたることもなし　酒谷　愛郷

「ゆれたることもなし」と突き放して詠んでいるところが、この作品のユニークさです。ゆったりと回想風に妻への想いを語っているのですが、情けの深さにおいては、他を圧するものがあります。

青年期は過ぎたが、まだ実年には間がある作者の淡い情感のようなものが伝わってくるようです。

追い越したバイクは青い風だった　木下　文雄

新鮮な「情け」の句です。永らく海外で過ごし、ふるさとの土に腰を落ち着けて作句活動を続けている実年作家ですが、その作品のみずみずしさには感心します。

「青い風だった」というとらえかた、映画製作の手法のような鋭さを日日磨き続けている作家根性が、この句を生んだといえそうです。

もしやもしや夢のパズルを埋めてゆく　伊藤　一子

現代の「情け」というものは、いったいどういうものなのだろうか——ということを、この句が訴えているように思うのです。

ニューメディア、ソーシャルネットワークといろいろな未来像が描かれている中で、私たちはどういう生き方をとったらよいのだろう。そのときの親と子、夫と妻、友だちエトセトラの関係は、今も変わりなく続くのであろうかという不安と期待とがこもごもになっているのでしょう。

そういった意味では「情け」を詠むということは、単に古典的な義理人情の世界をさまようものではなく、現在、未来を詠むことに通じるわけです。

言い返さなければ深い傷になる　恒松　繁政

川柳界にあっては、若いグループに属するこの作家の叫びも、ここに至って、クローズアップされてくるわけです。小説を書きつづけているだけあって、作品の背景にいろいろな人間像が浮き出てくる作品です。いいえ、十七音という詩型で、一つの小説を書き上げているといっても過言ではありません。

●現代にはびこる「飢え」

ものがゆたかになって、お金さえあれば何でも欲しいものが手に入る現代の日本には「飢え」は、もうないのでしょうか。

戦いすんで日が暮れて、あの焼跡のバラック小屋に住みついて食べものをあさっていた日本人のすがたは、もう見ることができません。救援物資の脱脂ミルク給食で育てられた子どもたちも、もう実年近くなって、すべてが車窓を走り去る風景のように思われています。

たしかに、衣、食、住すべてにおいて「飢え」の匂いはなくなりました。政治、経済、教育、文化、交通等々の社会生活においても、個人生活においても世界の先進国の水準を維持していますす。もう「飢え」の問題は、考える必要がなくなったのでしょうか。

いえいえ、現代には形を変えた「飢え」が進行していると思うのです。それは、いうまでもなく、「心の飢え」のことです。「ものの飢え」は、ものを補給さえすれば、片付く問題ですが、心の飢えは、簡単に補充が利きません。補充どころか、その原型から作り直さなければならないという厄介な問題になってきています。

青春の無惨を埋める習いごと　平井　夏子

今、カルチャーセンターが盛況なのは、単にゆとりができたというだけの問題ではなさそうです。私と同じ年代に育ったこの作者の思いも同じところに行きつきます。

もう一つ小さな花火見せましょか　　平井　夏子

心の奥深く沈潜させてきた愛への渇きが、飢えの主役であることは疑いないようです。愛への飢えは、食べものへの飢えとは違って、子どもも、その父も母も、そしておじいちゃんもおばあちゃんもひっくるめて襲ってくるから、たいへんなのです。大きな打ち上げ花火のかたわらで、ひそやかに咲く小さな花火、そちらのほうに本音の部分がかくされているのでしょう。

自分を捜しに特攻基地詣り　　馬籠　俊昭
八月になればわたしも戦中派　　岡本かくら
弁当が食べたくなって汽車に乗る　　大西　柊

八月が、戦中派にとってどんな月なのかは、先刻ご承知のことだと思います。でも、今旅立ちが必要なのは戦中派だけでしょうか。うまいもの大会、グルメパーティの暖衣飽食の中で、蝕《むしば》まれて行く若い主婦たち、管理社会の中でひたすら無気力、無感動になって行くサラリーマンたちに「見えない飢え」が進みつつあるのだと思います。

人妻のまりは黙ってはね返す　古川　洋子
くたびれた背広に幾つ不発弾　藤原　明仙
鬼がいるそこが一番あたたかい　こだま美枝子

「鬼が住むようなところ」そこが居心地がよいはずはないのですが、どろどろといつ果てるとも知れない飢えの沼につかっているよりも――という反語が「一番あたたかい」と言わせたのでしょう。人間を信じることができなくなる飢え、これがもっとも怖い飢えなのだと思います。他人を信ずることができなくなったとき、どこに行きつくかというと、それは自己愛、ナルシズムなのです。

みんなが中流という意識の中で、個人生活を大切にしようと思う気持、それ自体は決して悪いことではないのですが、「自分さえよければ」「うちの子だけは」という風潮は感心したことではありません。民主主義というのは、もともと個人個人の人権を尊重しながら、お互いの調和の中で一定の秩序を形づくっていくということではなかったでしょうか。

だとすれば、自分の子どもが可愛ければ、それと同じように他人の子どもも大切にしなければならないのだと思います。今騒がれている「いじめ」の問題の根源は「いたわりの心」の欠如にあるように思えてならないのです。

この父を理解せぬ子に育てたり　　吉岡　茂緒

淡々とした詠みぶりですが、この作品の背景にある大きな愛情、いたわりの心こそが今日求められているのではないでしょうか。母親だけがフィーバーしている子どもの教育、それは学歴社会のもたらすひずみでもありましょうが、その根底にある人間の生き方、生きがいの問題を素通りしては、何の解決にもなりません。

世の中が安定して管理社会となった現代、夫に父に多くの期待をかけられなくなった反動が、子どもへの過剰な期待となって「偏差値」重視の傾向を生んでいるのかも知れません。

あすなろを教師ばかりが信じ込む　　菖蒲　正明

教育の現場にいる作者が、日日の体験をふまえて詠んだ十七音です。

教育とは情熱であり、夢であると信じて教鞭《きょうべん》をとっている作者にして、この反省があるのです。保護者の側である父親や母親が、自分の手元にいる子どもの飢えに果たして気づいているでしょうか。

娘はいつか大人となって向き直る　吉岡　龍城
子は母になり娘にかざる桃の花　下川紋十郎
母と娘は何も賭けない賭けをする　柿山　陽一

子どもは成長するもの、成長してもらわなければこまるものです。巣立ちの春を迎えるまでの親の生き方が、子に引き継がれるのだと思います。

ボケさせてたまるか父と春を摘む　佐伯　光子
長生きをして香典をまた包み　坪井柳念坊
負け惜しみひとり暮らしがよいものか　吉岡　茂緒

高齢化社会へ一足先に踏み込んだ日本での老人問題も多くの悩みをかかえています。病院とゲートボール場にあふれる老人の姿は、たとえ「実年」と名前を変えようと、実態に違いはありません。
一年たてば、必ず一つ齢をとるのです。今日のヤングは、明日の壮年に、今日の壮年は、明日の老人になるというごく当たり前のことを認識して、今それらの飢えをどう解決したらよいかに取り組むべきでしょう。

このように、「飢え」の問題は多面にわたって考えることができますし、川柳として詠まれるべき題材としては、あり過ぎるくらい転がっているのです。

いさんなくあらそいもないおとむらい　三隅　参平

簡にして明。これほどやさしいことばで真実を述べることができる例があります。「もののゆたかさ」と反比例して「心の飢え」はますます深くなってきていないでしょうか。老人福祉施設の事務長として永く勤めた体験が、この作品を生む素地になりました。

教会の屋根がそびえている痛み　田口　麦彦

これは、九州の五島列島、上五島の小さな島を訪れたときに詠んだ私の作品です。佐世保港を出て二時間あまり波に揺られて着いた漁村の島には、不釣り合いとも思われる教会の赤い屋根がスックと天を指してそびえ立っていたのが印象的でした。

貧しい村人たちの浄財を集めて建てられたであろうこの建物に、塗り込められた願いと祈りとを感じるのでした。

この人たちの長い苦しい闘いは、きっと、この教会の尖《とが》った屋根に象徴されているのであろう。

そして、その痛みは、今癒《いや》されているだろうか、魂は救われているのだろうか——と思いながら、ポケットから取り出した句帳に書きとめていたのです。

3　愛・憎しみ

●愛のひろがり

恋の句、愛の句はたくさんあると言ってよいのですが、それが読む人の心を打つというような作品となると、数が限られてきます。人間のロマンをたたえた恋や愛の句や歌は、もともと名句、名歌を詠もうということを直接の目的として詠まれたものではないからです。

今、このとき詠みたいという衝動に駆られて、五・七・五あるいは五・七・五・七・七と詠みついで来たことは、記紀万葉の昔からの歴史が証明しているところです。

そして、愛にも千差万別あり、自己愛にはじまって親子の愛、兄弟姉妹のいつくしみ、夫婦の愛情、友人愛、隣人愛、人類愛に至るまで、たくさんの形の愛があるわけで、それらのすべてが詠む対象となり得るわけです。大きく分けて、「男と女の愛」と、それ以外の愛というようになるのではないでしょうか。

男と女　男と女テレビ見る　　佐藤夢痴夫

なんだ、そんな当たり前のこと——としか読みとれない人には、愛の句を語る資格はないと言ってよいでしょう。「男と女」「男と女」と続いているように見えて、一字分の空間があります。その空間こそ、無限の広がりを持つものです。

テレビドラマの映像にある男と女。そして、それを眺めている実像の男と女。その無関係のように見える組み合わせの中で立体的パノラマが展開されているのです。

お湯わかすようにふつうに愛せたら　　阪田　麗子

ふつうの人が、ふつうに出会って、ふつうに恋をして、愛することができたなら——どんなにしあわせだろうと思う現代の愛のすがたを素直に十七音に写しとっています。

「お湯わかす」という日常茶飯の具体的な行為で、気持を表現しようとしたところが、この作者の感性なのでしょう。この作品は、愛の俳句として名高い、

雪はげし抱かれて息のつまりしこと　　橋本多佳子

のような激しい愛の表現とは対照的に、クールに自分をみつめていると見るべきなのか、いや、そうではない、燃え出したらとどまるところを知らないので、そのようにありたいなあという願

望の句である――というように見解が分かれるかも知れません。

手を重ね合って真意は聞かぬまま　　萩原　華雲

そうなんです。ほんとうの気持を聞きたいけれど、聞けば何もかもこわれてしまいそう。愛ってそんなにもろいものだからこそ、あこがれるのです。今どき、はやらないかも知れない愛のかたち、でも、それが男と女の原型なのでしょう。

お祝いを言うしか出来ぬ誕生日　　近藤ゆかり
同じこと祈ってくれていますよう　　〃

こんな控え目な愛が、現代にも残っているのでしょうか。恋とは、愛とは、いつの時代にももどかしいものなのでしょう。ドラマと思えばドラマ、自画像と言えば自画像。
作者にも読者にも無限のひろがりを見せてくれるもの、それが愛の句の特色です。

恋成れり四時には四時の汽車が出る　　時実　新子

よく知られた句ですが、いつ読んでもみずみずしさが漂う作品です。「恋成れり」と文語体で突き放しておいて、そして、定刻きっちり、いつもと少しの狂いもなく発車して行く現実との対比をさせる技法の妙が、思いをさらにつのらせます。「恋成れり」の「成れり」は、「成らざれば成らしてみよう」の豊臣秀吉型ではなく、「成らざれば殺してしまえ」の織田信長型の激しさが潜んでいると見てとりました。

花火果つもとの闇より深き闇　　石田　明

恋とか、愛とかの字は使われていませんが、これは、愛の句です。愛の果てにある淋しさ、哀愁がただよっているとは、思いませんか。「もとの闇」よりも深い闇というのは、いったいどんな世界なのでしょう。ことばの余韻が、いのちです。

あやまって夫婦となりしこと愉し　　河野　春三

川柳革新運動に全力を尽くして、この世を去った河野春三氏の作品です。短詩としての詩性を追究すること、リアリズムを基調として人生如何に生くべきかを主張していただけに、一般の人には難解と思われた作品が多かった中でのこの一句です。

「あやまって」の達観。人生をよほど深く凝視していなければ、このような愛の句は生まれないのではないでしょうか。

愛は斧　不惜身命《ふしやくしんみよう》　うちやまず　　河野　春三

昭和五十七年上梓の『定本　河野春三集』（たいまつ社刊）の中には、こんな句も収められています。

「不惜身命」という今日では死語になったようなことば、愛とは、そのような強さを秘めたものなのでしょう。

十字架のかたちに父は立ち尽くす　　木野由紀子

親が子にそそぐ愛。無償の愛というのは、行きつくところイエス・キリスト像になるのでしょう。生きているあいだのどろどろしたものは、祈りの座にひざまずくと浄化されて行くのです。十字架というシンプルなデザインに込められた祈りは、過去、現在、未来と永劫《えいごう》に続きます。

セットした妻N響のキップ持つ　　辛島　静府

愛のしらべは音符になります。愛の語らいも一種の音楽といってよいでしょう。ベートーヴェンもバッハも、愛への予感があったからこそ、数々の名曲が残せたのではないでしょうか。

胸中のピアノ鳴り出す夏の朝　松田　京美

すばらしい感性の持ち主です。「胸中のピアノ」が奏《かな》でるメロディは、聞く人をして幻想の世界へと導きます。「春の朝」でも「冬の朝」でもいけません。「夏の朝」だからこそ、そのさわやかさが活きてくるのです。

昼の情事キリンの首はのびるのびる　桐越　千絵

ユニークな作品です。その情が「愛情」であるか「劣情」であるかは別として、現代的なある不安定な心情を感覚的にとらえています。「金曜日の妻たちへ」「妻たちの危険な関係」などというドラマのタイトルからも見られるように、解放された女性の生きかたの一面を描き出しているようです。「のびるのびる」といかにも自由な表現が、この句の内容を引き立てています。

花吹雪僕の命は僕のもの　山本宍道郎

「生きている」という存在感を持ったとき、それは自己愛のはじまりでもあります。みずからをいつくしむ心が、愛のスタートだと考えたとき、現代の文芸界を支配しているナルシズムも理解できるのでしょうか。

自分を自分として意識して詠《うた》いはじめる――ここから自我表現の川柳も出発するといえましょう。

●変形した憎しみ

「愛と憎しみは裏表」「可愛さ余って憎さ百倍」などと、よく言われるように、人間の憎悪の感情も、その対象についての関心の強さが、しからしめるということができましょう。

いわば「憎しみ」とは、期待していることに満足を得られないことによる反対感情なのです。


仲間意識一人のユダが突き出せぬ　川口弘生

単純なようで多様化、複雑なようで管理化された今日の社会の中では、その憎しみの感情も屈折、変形して出てくることが多いようです。そこを、すかさず川柳アイでキャッチして十七音に納めてしまうという推理的な楽しみもあるのです。

土下座して敵のアキレス腱さがす　沢田　清敏

「下に」「下に」のふれ声にひれ伏してはいるが、隙あらばという不屈の闘魂を秘め続けているのです。権力あれば、反権力あり。作用、反作用の物理法則が人間の世界にも働きかけているのでしょう。俳句のように間接表現ではなく、直接、事象の本質に切り込んでくるのが川柳の特質です。

休田に咲く草の花農の首　佐藤　岳俊

東北の地にあって黙々と土に根ざした句を作り続けている作家です。
「休田に咲く草の花」まではスケッチにとどまっていますが、下五《しもご》の「農の首」で逆転しました。
国際化に揺れ動く日本農業、というより、その場その場のご都合主義農政に泣かされてきた農民たちの怒りの代弁者として、この作品が登場してきたと考えるべきでしょう。

拿捕《だほ》船へ雪はななめに降り急ぎ　　斎藤　大雄

自選句集『逃げ水』（たいまつ社刊）から。北方領土を望む地にあって、どうすることもできないもどかしさ。そして広い漁場を目前にして魚を獲ることのできぬ苦しみ、そういったものをわがこととして詠み続けてきた作家です。「雪はななめに」という中七《なかしち》にその思いが込められていると見ました。

忿懣《ふんまん》の人に音なき雪ゆたか　　大野　風柳

『浄机亭《じょうき》句・論集』（柳都《りゅうと》川柳社刊）から。同じ雪でもこちらは越後の雪、音もなく積もった丈《じょう》余《よ》の雪に囲まれて住む人々にとって「憎しみ」は「耐える」ことにとって替わられてしまうのでしょうか。「忿懣の人」という句語が、この作品を支えています。

青春を奪った母の反戦歌　　木田みどり

『昭和万葉集』の編集にたずさわり、私の友人である歌人の来嶋靖生氏は、「戦場に夫や子を送る情を詠んだ歌には、胸を打たれるものが多かった。しかし、このごろの歌にはテレビや新聞、雑誌で仕入れた伝聞《でんもん》のものが多く心に迫るものがない。」と話していました。
たしかに、このごろの作品には、情報化時代の余慶を受けて知識やことばはいかにもゆたかであるが、自分のものとして歌い込まれないままに発表してしまう傾向があるようです。
何もかも自分で体験できるわけではありませんから、伝聞なら伝聞でもよいのですが、それをキチッと自分のからだで受けとめて、体内で消化してから、句や歌にして欲しいものです。個性化の時代、多様化の時代というならば、ひとりひとりが、そういった素材をよく吟味して作品化することが作家としての責務だと思うのです。「憎しみ」一つさえ自分で行動できずに、集団での弱い者いじめに走る「いじめ」の現象もこの延長線上にあります。

さわぐ血の音をかくして立ち上がり　　倉原マサエ

島原の乱で有名な島原の作家の句ですが、「音をかくして」というところに不気味さを感じます。天草四郎の像は、最後の戦いの場となった有馬城趾と島原城内に建てられていますが、その四郎のもとに集まったキリシタンの信徒たちの壮烈な最期は、信仰の力の強さを証明しました。

にくしみが消える大人の日向ぼこ　　石曽根民郎

日なたぼっことというのは、あたたまるだけのことではないのだな――ということを、この作品から思い知らされました。忘却とは忘れ去ることとなり、とは「君の名は」のセリフですが、忘れるということは、人間の長所でもあるのです。いやなことは早く忘れる。だから生きて行けるのですよ――と、十七音が教えてくれています。

つぎはぎの思想で斬れるものはなし　　酒井　路也

竹光だったから、かたき討ちができなかったのではありません。斬る相手を間違えていたのです。自分の影をまず切り捨てなければならなかったのでしょう。憎しみは愛の裏表と、最初に申しあげましたが、その刃先は両刃の剣で自分自身に向けられていたのです。

たちあがると　鬼である　　中村　冨二

六音・五音の非定型ですが、何度も口ずさんでいるとリズム感を伴ってくるから不思議です。革新派の頭領といっても、そんな固いイメージが浮かばない人柄に、多くの人材が集まりました。この鬼もきっと悪鬼の面ではなく、天邪鬼のお面をつけていたのでしょう。

逢う愛す憎む別れる風の中　　　　尾藤　三柳

愛憎の心理過程を簡潔に言い表すことができる特技が川柳にありますという見本です。川柳は省略の文芸である――と最初に申しました。でも、その省略は、大事なものを落としてはいけません。大切なエッセンスだけ残す省略なのです。

4　ユーモア・軽み

●ユーモアの復権

明治の新川柳以後、川柳の文芸としての特性を「うがち」「おかしみ」「軽み」として「川柳の三要素」と呼ぶようになりました。これは、古川柳、特に初代川柳点『柳多留』（初篇〜二十四篇）の特徴を抽《ぬ》き出してまとめられたものといわれています。

以後「三要素」は、いろいろな見方、言い方で変わってきていますが、川柳の特質のトップにあげられる「うがち」（表面的には見すごされがちな事実を具体的に取り出して示すこと）はもとより、「おかしみ」「軽み」についても、その源流は和歌、俳諧にさかのぼることができ、今日的な意味でも生き続けるといってよいでしょう。

お隣りの俳句の世界でも、芭蕉の昔をたどる、いわゆる「軽み論」が今盛んに行なわれているのです。

「俳句は、同じ五・七・五でありながら軽くて笑いを招く川柳に比べると、まじめで重いと思われます。しかし、俳句にも〝軽み〟があり、これが俳句の本質的特徴として論議されてきました。」（ＮＨＫ趣味講座「俳句入門」ユーモアと軽み——鷹羽狩行）

川柳が軽くて、俳句が重いかどうかは、別の論議にゆずることとしまして、まず「おかしみ」――「笑い」――「ユーモア」について考えてみましょう。

「おかしみ」と「笑い」とは、同意語と見てよいでしょうが、「ユーモア」となると少しニュアンスが違ってまいります。「ユーモア」(humor)は辞書を引くと、「上品なおかしみ」「品のよいこっけいみ」となっています。古川柳の時代は別として、これからの、文芸としての川柳としては、「ユーモア」の精神で行きたいのです。「くすぐりの笑い」「嘲笑」「作られた笑い」ではなくて、「自然に湧き出る笑い」、お互いの人間性を尊重したヒューマンな笑いであって欲しいと思っています。

長靴の中で一ぴき蚊が暮し　須崎《すざき》　豆秋《とうしゅう》

川柳界の一茶といわれるほどの飄々《ひょうひょう》としたユーモラスな作風で知られた作家です。下駄箱から久しぶりに取り出した長靴の中に、秋の蚊がひょろひょろと生き長らえていた――その弱者に対するいたわりの心がこのような作品を生んだのだと考えます。

羊羹をいただいてると地震かな　須崎　豆秋

世界で有数の地震国日本、そんな自然の脅威にさらされながらも、ほとんどの日日は平穏にくらしているのです。深刻な句になるところを、一歩踏みとどまって人間愛でくるんでしまう――これがユーモア句の真骨頂なのかも知れません。

院長があかん言うてる独逸語で　　須崎　豆秋

みずからの死期を悟っての病中吟といわれています。麻生路郎に師事し、大阪に住んで豆秋調の川柳の世界を築いたのち、昭和三十六年五月この世を去りました。

日本の童話かたきを討ちたがり　　延原《のぶはら》句沙弥《くしやみ》

「うがち」の要素も入っていますが、やはり底に流れるのはユーモア精神でしょう。ふあうすと川柳社の重鎮で、ラジオ神戸川柳選者などで後進の指導にも力をつくしました。軽妙な句を得意とし、全国に句沙弥ファンを持っていたのです。昭和三十四年七月没。
ユーモアとは、ヒューマンな心、人間愛の気持から生まれるものだということ、これらの例句が示しています。

赤い羽根つけて脱線せぬデート　　平松　圭林

なんとなく、おかしい句です。盛り場の街角で胸につけられた赤い羽根のカップル。少し羽目をはずそうと思っていたのに、なにかしらブレーキをかけられたような複雑な心理をたくみに詠んでいます。笑わそうと思って作るとき、かえってぎこちなさだけが目立ち共感を呼ぶユーモア句にはなりません。

クラスメート嫁ぐ美人の順でなし　　日下《くさか》部《べ》舟可《しゅうか》

美人から順番に決まって行くというなら、なんのおもしろみもない人生でしょう。「美人の順でなし」と言い切るカラッとした表現が明るい句に仕立てています。ユーモアのある句を詠むことで定評がある作家です。

角砂糖ころげて丁も半もなし　　日下部舟可

ずいぶん昔の作品ですが、青年だった私の印象に残っています。たしか、昭和三十二年の「番傘秀吟抄」に選ばれたものだったと思います。あれから数十年、いま読み返してみて、やっぱり深いユーモアの句だなあと感じるのです。哀愁を帯びたユーモア——とでもいいますか、蛇口をひねるとジャーと出る水道の水ではなくて、古井戸からつるべを垂らして深い底から汲み上げた水のような味わいなのです。

落書のとおりになってハネムーン　　下川紋十郎

学校のトイレの壁やブロック塀などに⚪︎太郎、花子の落書きを見かけますが、噂どおりにゴールインしてしまった二人へ、半分やっかみが入ったような句です。さらりと詠まれて人生のある風景を想像させる楽しさがあります。このごろの結婚式でよく見かける新郎、新婦が相合傘をさして通る図は、いかにも演出過多でいただけませんが、こんな落書きならほほえましさを感じます。ユーモアは、人生のゆとりから生まれるもののようです。

いい質問ですと先生知っている　　かわたやつで

かわたやつで第六句集『川柳チョーク函』（昭和五十七年、福岡番傘川柳会発行）から。

福岡西南高校で数学を教えていた体験をそのまま作品にしています。自分の身辺というものは、なかなかあからさまには詠みにくいものですが、みずからを裸にする勇気があるためにこのような句ができたのでしょう。四十歳の働きざかりのとき脳卒中に倒れ右半身マヒとなりましたが、不屈の闘志でリハビリにはげみ、今は郷里高松で碁会所を経営するかたわら川柳一途の生活を送っておられます。

電話帳おさえ今度も話し中　かわたやつで
前略としたが書くことあまりなし　〃
三日月がすぐ満月になるアニメ　〃

軽いタッチで、深いものを抽《ぬ》き出す——これがユーモアの真打ちなのでしょう。
そういえば、チャーチルもルーズベルトも吉田茂もユーモアとウイットの名手といわれましたね。大政治家といわれた人たちの寸言は、それがその人の人格、教養、体験を集約した形で発せられるために、多くの人の心をとらえるのだと思います。

スピーチの長い会社で食べている　田口　麦彦

数少ない私のユーモアの作品ですが、一体に今の川柳にはユーモアが乏しくなったといわれます。狂句百年の負債を返さんと、みんなが懸命になって品格向上に取り組んだ反動であるのかも知れませんし、近年の女性作家台頭によるポエジー傾向がそうさせるのかも知れません。実際には、その両者が混然として入り込んで今日の川柳界を形づくっているわけです。『川柳評万句合』で二百三十万句。その中から選んだ『柳多留』でも八十万句にものぼる江戸川柳が一つのユーモア文学を作り上げた実績からみて、日本人の中に生きてきたユーモアを引き継がないという法はありません。川柳や俳句の源流である俳諧の本質も「をかし」であるといわれています。

「をかし」とは、「愉快」「おもしろい」「おもむきがある」「すぐれている」という意で、「あはれ」よりも明るくはなやかな情趣をあらわしているのです。

「をかし」は、「あはれ」とならんで平安時代の文学精神とされて来たのですが、今日の短文芸の世界では「あはれ」が支配的で、「をかし」の方は沈んでしまっています。

もともと日本人には「笑い」と「悲しみ」を対比させたとき、悲しみを扱った文学が高級で、笑いを扱った文学は低級であるという傾向があったのではないでしょうか。

西欧においては、笑いの文学、ユーモア、ウイット、ジョークといったものは、高い位置で評価されています。ルナールの『博物誌』からセルバンテスの『ドン・キホーテ』、スウィフトの『ガリバー旅行記』の大作にいたるまで、「をかし」に通ずるものが正しく世の人に認められていることからも、おわかりだと思います。

「わび」「さび」の「あはれ」と同じ位置で、「をかし」も考えられるべきでしょう。

情報化社会、コンピュータ管理化社会の今日こそ、人間性に深く根ざしたユーモアの復権が求められるのではないでしょうか。

ユーモアのわかるランプになりたくて　　　田口　麦彦

ユーモアのある家庭、ユーモアのある学校、ユーモアのある職場、ユーモアのある政治、なんと明るい雰囲気がただよう風景ではありませんか。潤滑油となるような、楽しい作品をみなさんと詠んで行きたいなあと思っています。

●羽毛のあたたかさ「軽み」

「軽み」とは「重み」の反対語であることは間違いないのですが、体感的にとらえられたことばで、ズバリ解説しにくい味なのです。「軽薄」の「軽」ではなく、「軽妙」の「軽」であることは間違いありません。もともと俳諧用語で、松尾芭蕉が「わび」「さび」を突き抜けたところに「かるみ」があるとして蕉風の俳諧を確立しようとしたところから出たものです。

「軽ノ軽タルヲ知ラズシテ、漫《みだ》リニ此ヲ好マバ卑薄《ひはく》ニ落チン。薄ト軽トハ違アルベシ」と去来《きょらい》が記述しているとおり、卑俗低調に流されがちであった庶民詩としての俳諧に歯止めをしようと、芭蕉が考えた苦心の作風なのです。辞書を引いてみても、「芭蕉がとなえた俳句の作風で、あっさりとしたおもむきを主とするもの」とあります。

この「あっさりとしたおもむき」「さらりとしたもの」という、ややとらえどころのない表現ですが、これが俳諧から分かれた「前句附《まえくづけ》」へ、そしてそれが「川柳」へと引き継がれました。そして、古川柳で言われた「かるみ」は、主として句体、わかりやすく言えば形式についてのことで、「詞やさしく句がるに」（『筑波問答』）することなのです。

長嘶《ながばなし》とんぼのとまる槍の先　　柳多留　初篇

うたたねの書物は風が繰っている　　柳多留　六篇

軽く詠んで、しかも一句としての文芸性を保とうというからには、よほど事象の把握がしっかりしていないといけないのです。絵でいえば、その基本のデッサンがたしかでないと、構図そのものが定まらないのと同じです。したがって、年季の入った作家、いわゆるベテラン作家に「軽み」の味の句が多くみられます。

どちらかへつかねばならぬ手をあげる　　徳田　佳周

「うがち」の味も入っていると思いますが、賛成、反対の挙手をするという一場面の曖昧な心理状態をさらりと詠んで効果を上げています。軽く詠むということは、ことばを平易なものにすると同時に、スウッと十七音を風のように通過させるようなリズム感がなければいけないということになりましょう。

台風の東へそれてきりぎりす　　西島　〇丸《れいがん》

東京、深川の西念寺住職として知られ、みずからの句作に励むとともに東京川柳界の発展にも力を尽くしたのち、昭和三十三年に逝去されています。
その洒脱な句風は、江戸っ子気質と僧職としての達観を兼ね合わせたものとも思われ、いまだに数々の句が、人々に口ずさまれています。

母のする通りに座る仏の灯　　西島　〇丸

一番よく知られた作品ですが、住職〇丸である前に、人間〇丸、川柳作家〇丸であったことが、うなずけるのです。「母のする通りに」というさらりとしていて深い表現、これは技巧ではなく、人格からあふれる自然な流れといえましょう。

少年のこぶし開けば甲虫《かぶとむし》　西尾　栞《しおり》

「軽み」ということは、ある意味では理屈ぬきということになります。理屈ぬきにそう詠まねばならない句というのは、そうたくさんあるものではないでしょう。少年期の思い出は、その数少ないものの一つといえましょうか。

二階から一日降りず詩人とか　西尾　栞

という作品も私の印象に残っております。

空き腹で体重計に乗りなさい　住田　三鈷《さんこ》

こういう句も、変わった形の軽い句といえるのではないでしょうか。この句に最初に出会ったとき、ああ自然体が一番いいのだなあ――と感じて、肩の力が抜けてきたのでした。空き腹、ハングリーなときこそ、人間がよく見えるのだということを教えているようです。

何でもそうでしょうが、特に文芸は満腹ではできないのです。ハングリーになってこそ、よい作品が創り出されるといえましょう。

吊革を渡って逢いに来てくれる　　中尾　藻介《もすけ》

この句も、前句と同じようなパターンでスウッと体内に入り込んでくるようです。少しとぼけたようなあたたかさが木枯らしから身を守ってくれるような気がするのです。軽みは、いわば羽毛のようなあたたかさです。

5　諷刺・時事

●文明批評の「諷刺」

「川柳の特質は社会詠にある」と前に申しあげました。これからの文芸として川柳が生きていくためには、文明時評が絶対に必要であると信じているからです。

社会といえども個人の集合体であり、ひとりひとりの個人を追究するものが文芸の出発点ではありますが、今日の個人というものは、その人ひとりでは成り立って行けない社会秩序のしがらみの中にあるのです。その「しがらみ」を解き明かす鍵とか工程といったものが、「諷刺」というものだと思っています。

辞書を引くと、「諷刺」とは「遠まわしに社会や人の欠点をおもしろく批評すること」「あてこすること」などとあって、あまり好意的な解釈はされていないようですが、私は「諷刺」を一種の文化の批評、文明批評として広い意味に受けとめています。

「諷刺」と「時事」をここで区分けしようとする意図もそこにあり、前者を社会生活にかかわるすべての事象を包含した広いもの、息の長いものとし、後者をそのおりおりのいわばトピックス、ニュース性の高いものとして考えてみようということなのです。

実際には、用語としても「時事諷刺」とか「諷刺時事句」とかいわれて両者を混然として使っていますし、諷刺には時事的な要素が入り込んでこそ活き活きとしたものになるのですが、あえて二つに分けて眺めてみましょう。

マンボ五番「ヤァ」と子供等私を越える　中村　冨二
では私のシッポを振ってごらんに入れる　〃

革新川柳作家集団の関西の雄を河野春三氏とするならば、関東の中心的指導者となったのは中村冨二氏でしょう。とかく難解と思われがちな句語を駆使する革新作家の中にあって、庶民の風俗に深くとけこんだ深く長い諷刺を詠んできたと思うのです。

マンボの強烈なリズム、そして「ヤァ」という掛け声でおのれの時代を飛び越して行く子供たちをみつめる目は、とてもやさしいのです。川柳という短詩を、柄井川柳が育った時代と同じように庶民のバイタリズムでとらえる数少ない作家でした。

権力に対しては、尾を振りつづける人間が多くなった社会体制の現代において、「では」の一句はあまりにも痛烈な矢じりであるといってよいでしょう。

晩年は「川柳とａの会」の主宰に推され、季刊誌『人』を発行して多くの作家を育て、昭和五十五年に亡くなりました。

この冨二氏の作品に見られる諷刺というものは、対象を特定したものではないために、カミソリで切ったような直接的なものでなく、一見ヌーボーとした感じを受けますが、そのとらえかたは人間性に深く根ざしているのです。諷刺といえば、一般には「攻撃的」「積極的」「暴露的」なものと思われがちですが、真の諷刺は、諷刺する側もまた、みずから人間をさらけ出して詠まれるところにあるのです。

諷刺が両刃の剣であるといわれるのは、実にそのような二面性を持っているからでしょう。江戸時代の川柳に見られた諷刺は、みずから傷つくことのない「傍観者としての諷刺」であったわけですが、現代における諷刺は、「自己を含めた諷刺」であってほしいと思うわけです。

王様の眼鏡をとれば目が細い　　大野　風柳《ふうりゅう》

越後平野の電線がどこへ行く　　〃

二十一歳のときに新潟県新津市を本拠として柳都川柳社を創設し、川柳界に一大旋風を巻き起こした大野風柳氏の若き日の作品ですが、息長く続いている諷刺だと思うのです。

雪国新潟、米どころ新潟。日本海の尖った波がしらを見て育った一化学者、大野英雄は、川柳作家大野風柳として越後平野をみつめ続けてきたのでしょう。

諷刺をするときの多面的な評価は、その人が確固たる人生観、世界観を持っているかどうかにもかかわってきます。もちろん、ルポライターのように事実の調査、確認をして作品化するわけではなく、そのほとんどは伝聞によって作られるわけでしょう。

伝聞なら伝聞でもよいのです。作品化するときの姿勢というものは、伝聞は伝聞なりに勉強をして、ニュースの見出しだけを追うような皮相的な作品にしないことです。

新聞に投句される時事川柳と称されるものには、「早いのが取り得」ということで、その事実の背景を読みとることなく、見出しそのままの報告川柳になっているものが少なくありません。諷刺というのは、事実に対して自分の意見を言うという基本的なことを忘れているからだと思います。

「世の人はみな自分の記憶力を嘆く。だが、だれも自分の批判力は嘆かない。」

フランスのモラリストであるラ・ロシュフコーのことばです。

傍聴券友の無罪をうたがわず　　礒野いさむ

不況濃し妻の故郷の機やすむ　　〃

決して、個別の事件や事象を追って作ったわけではないのですが、ものごとを作者の手元に引き寄せて詠んでいるところに、普遍化、一般化された諷刺があるのです。

しっかりと、ものを見る目を持つことこそが、よい作品を生む土台です。

この作者、同人数一千人を超える川柳界最大手の番傘川柳社主幹として日日健筆をふるっています。

テレビ消す自分を高いとこに置く　　三條東洋樹

この手には銃持たすまじ孫を抱く　　〃

昭和四年、同士とともに「ふあうすと川柳社」を興し、昭和三十二年には「時の川柳社」を創立。昭和四十三年には私財を投じて「東洋樹川柳賞」を設定するなど川柳の社会的地位向上に心血を注いだ人です。昭和五十八年に亡くなられましたが、この師を許して、第二代時の川柳社主幹小松原爽介氏は、「野党的精神」をつらぬいた人と言っています。

諷刺というものを低い位置に置かずに、川柳の中のもっとも重要な要素として考え、そして実践していたのです。

「川柳は歌俳に対して挑戦した文学である。詩性だけでは、歌俳に対して挑戦の資格はない。」とまで言い切っていたことを見ても、その批判精神がうかがわれます。

人生派俳人と知られている金子兜太《とうた》氏も、総合雑誌『川柳』五十五年五月号の評論家、宮本惇夫氏との対談の中で、次のような話をしています。

「僕はよく川柳と俳句を株式会社に見立てるんです。いわゆる株式会社は51%以上の株数を握った株主が経営権をとるわけですが、川柳の場合、最大株主は諷刺だとか諧謔《かいぎゃく》の方にあるべきで、少くともそれが51%はなければならないと思いますね。それが逆になると甘い会社になってつぶれてしまうぞ、という気がしますね。俳句会社の場合はまた逆で、ポエジー、つまり抒情性が51%以上なければつぶれてしまう。そして諷刺性や諧謔性は49%以下に抑える、それが俳句会社だと思いますね。」

まことに、おもしろい見方で、同じ五・七・五の十七音詩型の対比としては的を射た発言だと思うのです。

彎曲《わんきょく》し火傷《かしょう》し爆心地のマラソン　　金子　兜太

銀行員等朝より蛍光す烏賊《いか》のごとく　　〃

というような作品を見ていますと、諷刺というのは、決して川柳の独占物ではないのだということがよくわかるのです。

でも、それが川柳になかったとしたら、言われるように川柳会社としては倒産しているのだと考えるわけです。

金子兜太氏は、「川柳にパンチがほしい」とも言っています。特に若い人で川柳をする人々に望みたいということですが、私もその意見に同感です。

自動ドア野暮な男も通りゃんせ　河野　晴峰
札束のために猫背になり急ぎ　佐藤　隆貴
サンプルをとれば濁っている平和　宮本　凡器
ナルシシズム髪は乱れてくるばかり　加賀谷としお

少なくとも、この程度のパンチは利かせてもらいたいと思うわけです。「鋭い諷刺性のようなものを次第に柔らげてしまう傾向というのは、現代の〝平均化現象〟と不即不離の関係にある——つまり、万事が平均化されて来ると当たらずさわらずの人間がよしとされる傾向」にあると兜太氏は発言しています。そして、その現象は若い人々からはじまり、いわゆる実年の人たちにも蔓延《まんえん》してきているのでしょう。

底深い諷刺というものが、人間の年齢や性別に関係なく存在する例として、川柳中興の祖といわれた井上剣花坊の長女である大石鶴子さんの作品を引いてみたいと思います。

金箔を厚塗りにした民主主義　大石　鶴子
反対の拳《こぶし》　しなびてゆくばかり　〃
双頭の鷲　鬩《せめ》ぎ合うヒロシマ忌　〃

剣花坊の遺志を継ぐ柳樽寺《りゅうそんじ》川柳会発行の『川柳人』六五四号、六十一年九月号掲載作品で鶴子作品の全貌にふれたものではないのですが、それでも鶴子さんの不屈の批判精神がうかがわれるのです。諷刺とは、いうまでもなく、対象に賭ける精神でありましょう。

作家大石鶴子は、父、井上剣花坊が、そして母、井上信子が歩いてきた同じ道に身をさらしているのだと感じます。

その濃《こ》い血ゆえに、いくたびも挑まなければならなかった壁のむこうにこそ、永遠の諷刺があると思っています。

●自分史としての「時事」

川柳で「昭和六十年史」をつづってみたらどうであろうという企画で、小学館発行のジャポニカ『時事百科』一九八六年版の巻頭「昭和の軌跡――激動の六〇年」の昭和史年表には一年に一句ずつの川柳が掲載されています。

政治・経済・社会・文化・国際と数多くの事件、事象がある中でのたった一句ずつですから、その年の一断面をとらえることになるのでしょうが、ユニークな試みだと思います。

作品を選んだのは、昭和元年（大正十五年）から三十年までが川柳公論社主宰の尾藤三柳氏、三十一年から六十年までが川柳研究社主宰の渡辺蓮夫氏でした。

その全部を紹介できませんが、ふしぶしをとらえたものを見てみたいと思います。

改元も花の七日のカレンダー　　阪井久良岐《さかいくらき》　昭和元年

元号が変わるのは、天皇が亡くなられたときに限るわけですから、大正十五年十二月二十五日の大正天皇崩御の日に、「昭和」の年号になったわけです。その、たった一週間の昭和元年を「花の七日のカレンダー」ととらえたのが、井上剣花坊とともに新川柳の一方の旗がしらであった阪井久良岐でした。

その日からの、長くて重い昭和の歴史は、このたった十七音の川柳にはじまるのです。

カラクリを知らぬ軍歌が勇ましい　　中島　国夫　昭和六年

関東軍の謀略により柳条湖（溝）付近の満鉄線路が爆破され、ついに満州事変が起きた年です。国民の大多数は、真実を知らされぬまま、ひたすら軍国化への道を歩みはじめるのです。

エノケンの笑いに続く暗い明日　　鶴　彬　昭和十二年

盧溝橋で日中両軍が衝突し、日中戦争がはじまったのは七月七日、七夕の日でした。この年、内閣情報部選定の国民歌「愛国行進曲」の演奏発表会が開かれ、慰問袋、千人針づくりもさかんになって来ます。

亀の子のしっぽよ二千六百年　木村半文銭　昭和十五年

日独伊三国同盟調印。大政翼賛会発会。大日本産業報国会創立。いよいよ戦時色一色になり砂糖、マッチは切符制となり、「ぜいたくは敵だ」の立看板が街角に並ぶようになってきました。紀元二千六百年祝賀行事は、いわば軍国体制づくりだったわけです。

回覧板仮名だけ読める子ものぞき　熊沢　武雄　昭和十六年

十二月八日未明「ニイタカヤマノボレ」の暗号電報ではじまったハワイ真珠湾攻撃によって太平洋戦争がはじまったのです。六月二十二日には、既に独ソ戦がはじまっており、世界を戦乱のちまたにする大戦となりました。この年、防空ずきん、もんぺ、ゲートル姿が急増、戦艦「大和」も竣工しています。

旗振りし手を旗に振り学徒征く　　川上三太郎　　昭和十八年

日本軍ガダルカナル島撤退開始、山本五十六連合艦隊司令長官戦死、アッツ、マキン、タラワ守備隊は全滅して、戦局は日に日に不利になってきました。
学徒出陣がはじまり、この年九月同盟国のイタリアが無条件降伏しています。

玉砕の二字一億の血をゆすり　　藤沢　石泉　　昭和十九年

レイテ沖海戦で連合艦隊は主力を失い、最後の手段の神風特攻隊の体当たり攻撃がはじまりましたが、戦局を動かすことはできません。十一月二十四日、B29による東京初空襲、学童集団疎開がはじまりました。

浅草で浅草を聞く焼野原　　助川　幸一　　昭和二十年

米軍の沖縄本島上陸、広島・長崎への原子爆弾投下によって、いよいよ来たるべきときが来ました。八月十五日、ポツダム宣言受諾の玉音放送によって暗くて苦しい戦いが幕を閉じたのです。

六十年の昭和の歴史の中で、三分の一にあたる二十年までの戦前・戦中をいまたどって来たわけですが、その三分の一の中味の重さと同時に、川柳という十七音による記録性ということを考えるのです。文章や写真などは、それぞれ精密に記録をとどめることができると思います。

川柳は、たったの十七音、それで何ほどのものが記録にとどめられるかというと、それは微々たるものであるかも知れません。しかし、その時代に生きていたという瞬間をシャープに切り取って断面を提示することはできると思うのです。時間は動き、歳月は流れるものですから、あるいは、いわゆる「消える川柳」の一面はあるかも知れませんが、川柳作家としての使命は、その生きている時々刻々、いわば「いま」を写し取ることにあると思っています。

「いま」を写し取らずして、何で川柳作家といえましょうか。

しかしながら、時事というものは、いかにもその範囲が広くて掴まえどころがないという怪物でもあります。また、その背景を十分とらまえて描くという点にも難しさがあるのです。

時事川柳が、説明、報告の域を出にくいというのもそういった難しさを背負っているからですが、一つだけ言えることとは、「ポイントをしぼって描く」ということです。

投球を自分の手元に引き寄せて、脇をしめて打つ——といえばわかりやすいのでしょうか。それも他人からの借りものではなく、自分の感性で訴えるということになります。

6 震災を詠む

津波の町の揃ふ命日

『誹諧武玉川《むたまがわ》』初篇（一七五〇年刊）

「自然と人間とのかかわりを、この一句ほど客観的にとらえたフレーズはないのではないか。人類はいつのころからか自然を征服したかのような過信に陥った。その結果の天変地異であると感じる。」（本文より）

この一文を本の帯に掲げて二〇〇八年に『地球を読む――川柳的発想のススメ』田口麦彦著（飯塚書店）を日本全国の書店店頭に並べて私なりの警告を発したのですが、時の政治家やお役人の目にはとどかず残念でした。

地球環境が日に日に悪化している現実に目をそらし、経済優先、グローバル化路線を突っ走っていたからでしょう。既に起きていた貞観地震（八六九年）のデータさえも例外的なものとして処理しようとしていたのです。

不幸にも予言は的中し、二〇一一年三月十一日、東日本大震災が起きてしまいました。

被災された方々に心からお見舞い申し上げます。また一日も早い復興ができますよう私たちにできることをお手伝いしたいと心がけております。その日を忘れないために、ここに貴重な証言記録をおとどけします。

『大震災を詠む川柳　101人それぞれの3・11』川柳宮城野社編・河北新報出版センター
（二〇一一年十一月十五日発行）

絶対はないあらためて知る修羅の街　　あきた　じゅん
目に見えぬ敵風評と放射能　　〃

「未曾有の」「わが国では最大級の」「千年に一度の大津波の」「かって体験したことのないような」――。

二〇一一年三月十一日の「東日本大震災」。さまざまな形容で伝えられたが、そのどれもが起こったことの重大性、全容を伝え切れてはいないような気がする。

岩手、宮城、福島の三県を中心に全国の死者は一万五千八百余人、行方不明者を合わせた犠牲者は一万九千八百人にも及んでいる（十月一日現在）。発生から八カ月が過ぎた今も、その衝撃の余韻は続いている。

大震災に遭遇した川柳人たちはどう行動し、日常をどのようにして取り戻したのか。宮城野社の同人、会員計百一人の手記を集めた、壮大な記録である。

（川柳宮城野社副主幹兼編集長）

目を皿に安否情報確かめる　　雫石　隆子
美食した舌で味わう塩むすび　　〃

三月十一日、東日本はマグニチュード（M）9・0という大地震、千年に一度といわれる大津波に襲われ、東北人にとって忘れられない日になった。地震の被害は建物ばかりでなく、道路や線路もズタズタに破壊し、住宅地によっては液状化によって地割れや家が傾き、甚大な被害を受けた。ライフラインも駄目になり、被害の全容の把握もままならなかったのだが、日を追うごとに、沿岸部が大津波にのまれ、壊滅的な被害であることが分かった。

「この日を、この時を書き残したい」という一心で思いがあふれ、ペンは踊るように進んでいった。

（川柳宮城野社主幹、河北新報選者）


これらは書中にある「序に代えて」あきた・じゅん、「あとがき」雫石隆子の内容の一部です。

以下、同人、会員の作品とリアルな記録の一部をご紹介させていただきます。

まず恐怖家族飼い犬大地震　安藤　二郎（仙台市）

水灯油ガソリンのない春が来た　〃

二時四十六分過ぎ、急に大きな揺れを感じた。すぐデッキに飛び出すと、既に大勢の人たちが外に出ていて、悲鳴などが聞こえ、歩行ができないのでその場でじっと耐えていた。一階のバス乗り場にたどり着いたが、たくさんの人たちが地震のことについて話し合っていた。

整然とおにぎり一個もらう列　鎌田　京子（仙台市）

残り時間を絶えず揺すっている余震　〃

三月十一日は、ちょうど「川柳宮城野」四月号の校正の日だった。事務所で編集部のスタッフ四人と、一緒に揺れた。今までに経験したことのない大きな揺れに、玄関先で必死に下駄箱につかまる。

二分間以上続いただろうか。靴を持ち、コートを着て、三階のマンション非常階段から外に出た。周りの人がメールをしているのを見て、震えながら家族に安否を確認した。

9・0瓦礫となった浜の町　唐木ひさ子（仙台市）

渾身のさくらは今を咲いている　〃

炊飯器にセットしておいた米が釜ごと飛び散り、床は水びたし。こんな非常事態なのに、直後には上空から大きなボタ雪が降り出し、一面の冬景色の中、厳しい寒さが襲ってきました。さらにラジオをつけると、あの恐ろしい津波のニュースが飛び込んで来たのです。

ふわりと浮いて人・車・家・運ばれる　鈴木　逸志（宮城県利府町）

爆発音心の臓まで突き刺さる　〃

その時が、ついに来た。午後三時四十分。仙台新港という「水槽」から海水が一瞬に立ち上がり、ありとあらゆるものを押し流す惨状を、屋上から目の当たりにした。逆らうことなどできない。受け入れたくはないが、しかし、それが現実だった。助けを求める人、木につかまって助けを待つ人、屋根の上で助けを待つ人。あちこちからライトの明かり。「助けて」という悲鳴を聞いてもどうすることもできず、身を切られる思いだった。

寝たままのこけしに問えぬ震度など　渡邊　とり（仙台市）

よしきりの妹声無《な》し地震続く　〃

その日はちょうど、ＮＨＫカルチャー川柳教室の日でした。教室は地下鉄泉中央駅ビルの六階です。天井ははがれ、時計は今にも落ちそう。机の下に潜りましたが、ブランコに乗って後ろから押されたような大揺れでした。六階だというのに水があふれ、足首の上まで上がる。出入り口のドアは開閉が利かなくなり、教室の窓から脱出。級友の手を借りながら、屋上からごうごうと滝のように流れる水の中、二階までどうにか下りることができました。

故郷を呑み込み海は知らぬ顔　　　鎌田　一尾（宮城県山元町）
松林消えて大海近づきぬ　　　〃

防潮林の流出によって、太平洋が丸見えになり、第二波、第三波の波と、引いていく波がぶつかり合って、白い飛沫《ひまつ》になり、押し寄せて来ます。津波が引いた後の田んぼには、おびただしい瓦礫や大破した家屋、車などが残され、見るも無惨な光景となってしまいました。わが山元町では、犠牲者と行方不明者が七百人を超え、貞観地震（八六九年）以来の大被害を被ったのです。

海水に耐えたなでしこ風に揺れ　　　大和田真由子（宮城県山元町）
新盆に仮設に灯る迎え火よ　　　〃

東北の湘南と言われるほど温暖な私たちの山元町が、地震と津波で壊滅するとは、想像もできなかった。

地震の時、私は自宅にいたが、今までに体感したことのない揺れに身動きもできなかった。情報をと、テレビのスイッチを入れた途端、食器棚が倒れて茶碗、コップの割れる音。タンス、テレビも倒れ、屋根瓦も壊れて降ってくるし、隣家の石造りの蔵もあっという間に倒壊した。

全壊の友へひたすら手をさすり
倖せの尺度を変えた大地震

國分　郁子（仙台市）
〃

息子は、県内沿岸部が勤務先で、アパート住まい。なかなか連絡がつかず、やっとメール交信ができた時の送信「こちら二人とも無事」、返信「大丈夫です」のメールは、今も保存したままです。発生の二日後、自転車で何時間もかけて、ガレキの山を避けながらペットボトルの水とともに、わが家に顔を見せてくれ、目頭が熱くなったのを覚えています。

もち物はイノチ一個となりにけり
カモメ鳴く亡き人々を呼ぶように

津田　公子（東松島市→仙台市）
〃

三、四時間、うつらうつらしただろうか。夜は白み始めていた。ラジオから流れる仙台市内の様子を、遠い気持ちで聴いていた。大曲浜は完全に水浸しらしいという情報が、車外から飛びこんできた。信じられない。実はこれが、長くつらい大津波被災の幕開けとなる。

春の海のよろずの神にあるほむら　佐藤　喜昭（福島県新地町）
放射能おいて逃げてと母ぽつり　〃

実は、私の母は九十二歳で寝たきりの状態。毎日、介護が欠かせないので、そう簡単には避難できないのだ。いざという時には、母を背負って裏山に登るしかないと覚悟したが、幸い神様が助けてくれたのだろう、津波の難は逃れた。

避難所で命ささえる五七五　仁多見千絵（仙台市）
喉に棘ささったままの慰霊祭　〃

千年に一度という大津波。たくさんの家が流され、大勢の人が亡くなった。その中の一人に、長女の夫のお母さんがいる。彼は家を流され、瓦礫の山となった故郷で、何度も何度も助かった父と一緒に母を捜した。

戦争を知らぬ子供ら被曝者に
行く末を線量計に計られる
秋葉　愛（伊達市→山形市）

まだ一歳に満たない一番下の娘に、授乳しようとした矢先のことでした。テレビから緊急地震速報が流れるのと同時に、あのかつて経験したことのない揺れが襲ってきたのです。これまでにない横揺れと、その長い時間に驚いているうちに、義父が声を掛けてくれ、私は夢中で下の娘を抱きかかえ、まだお昼寝中だった二歳の息子は義父に抱きかかえられて、外へ飛び出しました。幼稚園で被災した上の娘は、吹雪のような雪の降る中、校庭の真ん中で毛布にくるまって、迎えを待っていました。
そして約一週間後、夜中に電気が復旧すると、思いもよらぬ原発事故の情報が飛び込んできました。私たちは、小さな子どもとともに既に放射線を浴びたであろう事実に、がく然としました。と同時に、震災は放射能との闘いになったのです。

ドドドドド地球が怒っている音だ
天命と一言で告ぐ寂しさよ
西　恵美子（白石市）
〃

介護の仕事をしている息子は「施設に行ってくる」と出かけた。夜遅く戻ると「明日は施設に泊まる」と。ガソリン不足で通勤できない人が多く、介護が大変だと言う。四十人余りの入所者のベッドを一ヵ所の部屋に集めて、一つのストーブで暖を取っているのだそうだ。
息子は自分用の布団を積み、自分の部屋にあった食べ物を全て置いて職場に戻った。「自分は、施設にいれば食べ物はあるから」と言っていたが、二週間ぐらいの間に、三キロくらいやせて帰ってきた。入所者の方たちを気遣い、同僚を気遣い、家族を気遣ってくれた息子は七月二十四日、くも膜下出血で急逝した。

復興へ支援感謝の万国旗　　小山　翠泉（気仙沼市）
思い切り泣いて郷土をひまわりに　　〃

津波が引いてすぐ、国道45号の松岩歩道橋まで行ってみると、古谷館や片浜一帯は宅地や道路の別もなく、瓦礫の山である。家屋は流出し、損壊した鉄筋コンクリートの建物がいくつか残っているだけではないか。いかに想定外の大震災とは言え、今の時代にこんな大惨事があるものかと、ただがく然と立ちすくむだけだった。

三日経て津波の町から「大丈夫だよ」　　大沼　和子（仙台市）
真っ先に知らせるバラが咲いたこと　　〃

三月十一日の私の携帯電話を飛び交った言葉は、たった二つ。それは「無事」と「大丈夫」。外出中だった夫、職場で津波に遭遇した娘、出張中の息子、県外の妹や姪、友人たち。お互い大丈夫かと、無事を祈り合った言葉でした。ただ、津波の襲来した山元町に住む妹からは、何の連絡もなく、一家の消息がつかめませんでした。かなりの被害だという情報を得るにつけ、不安が募りました。

三日後、いや正確には四日後に、やっと「大丈夫、みんな無事で、避難所にいます」。肩の力が抜けました。待ちに待った大丈夫でした。

ハートも家も半壊のまま暮れて行く　　遠藤　英子（仙台市）

避難所へ輝く星に導かれ　　〃

三月十一日のあの夜、暗闇と余震の恐怖から、避難所にお世話になることにした。途中、ふと見上げた夜空に「あっ」と息をのむ。群青色の空一面、満天の星、キラキラと金色に輝く星。ひとつひとつが大きく見える。星空がはっきりわかる。

もしやあの星たちは、一瞬にして天に召された方々だったのだろうか？　芽吹きの春から、間もなくススキのなびく秋となる。

あの恐怖、悲しみも、少しずつうすれゆくなか、私は決して忘れない。あの夜の満天の星の輝きを……。

命あるだけで大吉大震災
ヒロシマナガサキフクシマの核悲劇
飯田　駄骨（石巻市）
〃

三月十一日、地震と津波で自宅は一階天井まで浸水。九十二歳直前の母が亡くなりました。私と妻はそのとき仙台にいて無事でした。

地域一帯は水没し、遺体確認にも行けないまま、自衛隊員によって搬送された身元不明者の中から母を発見したのは、九日目でした。市の方針ではいったん土葬にするとのことでしたが、幸い伝手があり、四月一日に登米で火葬にすることができました。

どぼどぼと音たてせまる大津波
震災後修羅をいくつも越え渡り
菅原れい子（東松島市）
〃

一日目せんべい一枚、二日目バナナ一本で、三日目おにぎりひとつ。不思議におなかもすきません。道路の水も引いたと聞き、自宅に戻ると、畳の上の泥水はひざまであり、下はぬるぬるしているため危険だと注意されました。ガラス越しに見ると、私の家宝も家財道具、電気製品も全て泥水の中に倒れていて、元の生活ができるものとは思えず、涙が止まらなくなりました。

余震より巨大な壁のシーベルト　大槻和氣子（石巻市）
塩害の空で鼓舞する揚げヒバリ　〃

津波に洗われた車は動きません。一時間くらいは、歩いて用を足せるようになりました。ヒバリが歌っています。塩水の入った畑で、その声を聞きながら作業します。実るのでしょうか。豆もナスもトウモロコシも。自然は襲い、自然に生かされる。このことを再認識した、桜を見ない春でした。

エピローグ塞翁が馬顔を出す　木田比呂朗（塩竈市）
生きることほんとに知って水を飲む　〃

三月十一日は、私の六回り目の誕生日。翌十二日は次女の結婚式が予定されていて、メークの下準備最中の地震であった。式当日の被災を考えれば、前日で良かったのかもしれない。

破損したわが家は重機であっけなく撤去。「父さんは二軒目を建築」などと煽《おだ》てられてはいるが、胸中は晴れない。「人間万事塞翁が馬」。これからも不安は続く。

美しい海岸線を浚う波
鎮魂の花火絆の盆踊り

葛西　浩子（仙台市）
〃

七輪が活躍した生活。給水の列に四時間並び、ペットボトル三本をゲットする。食料品の列に三時間。体力勝負を痛感する。

三月十七日夕方、水道復旧で安堵《あんど》。

四月十五日午後、市ガス復旧。全国からの応援により、予定より早い復旧はうれしかった。もらい風呂終了。

五月、夫の三回忌法要の日は、余震もなく穏やかな一日だった。今生かされていることに、隣人の親切に、友の優しさ、家族に、感謝したい。

真新しい墓標に蟬の挽歌聞く
あの日から海は他人の貌《かお》で凪ぐ

佐々木つや子（仙台市）
〃

運命とは、人間の意思に関わりなく身の上に巡って来る吉凶とありますが、あの日の運命の糸に引かれるように、一途に生家へ向かったあなたのことが悔やまれてなりません。ようやく車が近くまで通れるようになって、それまでの幸せな生活を一瞬に奪い取った現場に入りましたが、想像を超える津波のすさまじい破壊力に、みんな言葉もありませんでした。見慣れた町の一変した惨状も脳裏に焼き付いたままです。

納得のいかない傷を撫でている　中條　節子（仙台市）
ふたたびの七夕赤い下駄を買う　〃

はるか遠い世界のように感じていた仙台七夕の開催が決定して、沈んでいた仙台にも明るさがちょっぴり戻ったような気がした。被害の少なかった私たちが、七夕を盛り上げなければならない。「負けるものか」の短冊を何枚も書いて出掛けた、今年の七夕。いつもとは違い日本中、世界中からの復興を祈る熱いメッセージを託した折り鶴や短冊であふれていた。人間捨てたもんじゃない。

僕の罪だけ攫《さら》って欲しかった　阿部　文彦（神奈川県横須賀市）
人間の驕り禁《いさ》める母の海　〃

八月九日現在で、死者六百七十名、行方不明二十三名、と私のふる里山元町から発表されている。画像ではJR坂元駅から国道6号まで、今も瓦礫の山が映る。遠隔地にいる私が何もできない虚しさが、心を行き来し、亡くなられた方々、被災された方々を思うと、平然として生きていることに罪悪感さえ覚える。

人間は大地や森林を、開発という名で切り開き、発展してきた。自然破壊と人間のエゴとおごりを、海の神が禁《いさ》めたのかもしれない。

避難所で明日を信じ指を折る　片山　ゆみ（仙台市）
負けないよ向日葵キリリ上を向く　〃

震災から半年が過ぎた。今もなお避難生活を余儀なくされている方々を思うと心が痛む。

私は、しばらく休んでいた川柳教室に再び通い始めた。余震が続き体育館で心細くどうしようもなく感じた時、五七五と指を折りながら乗り越えられたあの日を忘れない。以前にも増して先生や仲間と川柳でつながっている幸せをしみじみと感じている。

第三章　川柳との出会い

1　はじめに「こころざし」ありき

●定金冬二・時実新子・大嶋濤明

川柳は、紙とエンピツがあればだれでもできます——と、よく入門書に書かれていますし、これから始めてみようかという人たちへの誘いことばにすることがあります。

でも、果たして本当にそうであろうかと、私は考えるのです。たしかに、「手軽《てがる》」にできるたとえとしては、ふさわしいことばかも知れませんが、その反面、川柳という文芸を、単なる知的なゲーム程度のものとして、みずから軽《かろ》んじてしまっているのではないでしょうか。同じ七・五調の文芸の俳句・短歌とくらべて、文芸価値の低いものなのでしょうか。

私は、そのようなことは決してない——と、信じております。川柳を作るためには、「こころざし」が必要なのです。それも、「人間が生きて行くということは、どういうことなのだろう」と、問いかける強い強い「こころざし」が出発点になるのです。

私が、この道をこころざすようになったのは、昭和二十八年六月、九州地方を襲った大水害に遭遇してからのことです。俗に、六・二六熊本大水害と呼ばれる大自然の濁流の猛威の前に、家も牛も豚も、そして人間もアッという間に押し流されてしまって、呆然と立ちすくんでいたのでした。そんな中で、藁《わら》をも掴《つか》む思いで、「生きている証《あか》し」をと、取りすがったのが、この川柳だったわけです。

水引いて誰を憎もう泥流す　田口　麦彦

「わが家水没」と句帳にしるした作品ですが、阿蘇のヨナ灰がまじった、しつこい泥土をスコップでかき出しながら、生きているという存在感を五・七・五の十七音に託しました。

当時、二十一歳、多感な青春時代から川柳の世界へ踏み入ったのです。

いま生きている素うどんがあたたかい　定金《さだがね》　冬二《ふゆじ》

第十七回三條東洋樹賞受賞作家の定金冬二氏は、昭和二十年、火災による類焼で無一物になった日から、「川柳の鬼」となりました。

たとえ生活は貧しくとも「こころざし」の旗は高く掲げよう――そんな心意気が感じられます。「家が貧しい」などというと、不思議な顔をして眺められる中流志向の今日では、考えられないことでしょうが、米代に当てるか、川柳の会に行くかの二者択一の日日があったことは事実なのです。

断りに行かせた妻に降りはじめ　　定金　冬二
てのひらに掬うと米に貌がある　　〃

男ののぞむ通りに生きて死にますか　　時実《ときざね》　新子《しんこ》

男社会であった川柳界に、敢然として「新子の世界」を切り拓いていった作家、時実新子氏。間違いなく「こころざし」の人です。

昭和五十一年に第九回三條東洋樹賞を受けており、その副賞をもとに、みずから主宰する『川柳展望』誌に「火の木賞」を創設しました。

「火の木」とは、生きながら燃えている木、燃えながら生き続けている人間たちという意味です。

雪の日の裸身美しかれと脱ぐ　　時実　新子
手鉤無用の柔肌なれば窓閉じよ　　〃

「川柳には、ふしぎに『からだ』を詠んだものが少ない。これもなぜタブーなのか深くは考えず、私は自在にうたいあげてきた。」（時実新子著『新子つれづれ』たいまつ社刊）

既成のワクや概念にとらわれず、思ったまま、感じるままを自由奔放に詠《うた》い上げるという点で、俳句の杉田久女や、短歌の与謝野晶子に、よくたとえられます。

大陸に白搭一つ暮れ残り　　大嶋《おおしま》　濤明《とうめい》

「こころざし」を抱いて満州（現在の中国の東北地区）に渡り、遼陽の白搭を前にして、こう詠んだ大嶋濤明氏は、私の師匠です。

昭和四十五年、八十歳でこの世を去りましたが、在満時代の川柳活動がどれほど情熱的なものであったか、その著書の『娘々廟《にゃんにゃんみょう》』（多摩書房刊）の真っ赤な表紙がよく象徴しています。

終戦で、大連から熊本へ引き揚げて後、昭和二十五年、六十歳の時に川柳噴煙吟社《ふんえんぎんしゃ》を創立しました。

太陽を真ん中にしてみんな生き　　大嶋　濤明
鉄拳の指をほどけばなにもなし　　〃

どちらも句碑として残されているスケールの大きな作風。「川柳は宗教心から」とさえ言い切ったように「こころざし」が高く、しかもふところが深い信念の人でした。

今をわがつつしみ思ふ身一つに海越え行きし父がこころざし　来嶋《きじま》　靖生《やすお》

実父、大嶋濤明の生きざまを、いま、その父の立場に立って詠み放った、歌人、来嶋靖生氏の作品です。

「あのころは、誰もがたいへんでしたけど、引揚者でしたから、父の生活もたいへんでした。でも、あの生活の苦しさを切り抜けてきたのは、ほんとに川柳のおかげで、噴煙があったからだと思います。噴煙が父の生きる支えでしたから。」

（『噴煙』昭和五十五年六月号、三十周年記念特集「現代文芸を考える」）

記念特集の私との対談の中で、来嶋靖生氏が話されたことばです。

「人はパンのみにて生きるにあらず」と申しますが、パンが乏しいときにあっても、「こころざし」を持ちつづけた人として尊敬しています。

はじめに「こころざし」ありき——と、ここに三人の作家をたとえにご紹介しましたが、川柳を作る基本は「人間の思いを詠む」ということです。

そして、その「人間」は、集合体として組織づくり、秩序をもって生活している「社会共同体」の中にいるわけですから、当然「社会を詠む」ということになるのです。

若い人には若い人の、実年には実年の——その「思い」を五・七・五の十七音にぶっつけて下さい。

それが、川柳なのです。

2　望郷のリズム

●海外作家にみる寓話

赦《ゆる》されて日本へ向うシャボン玉

ニューヨーク　橋本　ゆき

この女性作家の作品を見て、みなさんはどのように感じられるでしょうか。

最近こそ、海外旅行が盛んになって、外国へも気楽に行き来することができるようになりましたが、「海を越えて」異国の土を踏むことは、たいへん勇気の要ることだったのです。

この作家の場合は、若くして渡米し、アメリカ合衆国の市民権を持ち、やさしいご主人といっしょに、しあわせな生活を送っておられるのですが、それでもなお「赦されて」「日本へ向う」という望郷の念が湧き起こってくることを、だれもとめることができません。

ある日、ある時、何気なく息を吹いてできたシャボン玉が、風に乗ってフンワリと飛び立った方角に祖国が見えたのでしょう。「赦されたシャボン玉」だけが、祖国日本を目指すことができるのです。

なぜに、私はまだ赦されないのであろうか——という反語がそこに沈潜しています。

二つある祖国に涙ひとつずつ　　ニューヨーク　橋本　ゆき
阿修羅像かすかに笑う恋してる　　〃
投げられた輪におとなしく納まろう　　〃
社で厭な日はモナリザの笑みにする　　〃

ご主人も橋本京詩氏という川柳作家で、世にいうおしどり作家なのですが、モナリザの笑みは阿修羅像に向けられているようです。

補聴器の故障ひと日を花と住む　　ペルー　宮本　シキ

ペルーと日本とは、地球儀の青く塗られた海を指でたどってみても、かなりの距離感がありま す。でも、老後の風景といったものは、この作品を見るかぎり、あまり変わりがないようです。

新築の家になじまぬ老いの性　　ペルー　宮本　シキ

同じ作家の句ですが、古いものを壊して、新しいものを作るということは、古いものに沁みついている過去、伝統と訣別することでもあるのでしょう。

同じ風景は、私たちの目の前にも、たくさん見られます。

長く生きて白く乾いた街に住む　　田口　麦彦

私の作品ですが、世界一の長寿国になったこと、それ自体は結構なことと言えても、それをフォローする質が問われると思うのです。

大望は故国に向いたままに昏れ　ブラジル　塩飽　博柳
母は数珠娘はロザリオでつつがなし　ペルー　清広南斗星
亡母がくれた白紙をよごす誤字脱字　ブラジル　山口　振風
風向きが変わると石にも泣きどころ　ブラジル　黒田不知火
殺人のニュースに馴れていく怖さ　ブラジル　坪井柳念坊
オイと呼びハイと答えて夫婦の和　ブラジル　中山　修南

海外作家の作風は、一見格言調の固い感じもしますが、よく読み直すと、そこには寓話が敷かれているように感じます。つまり、作品の裏に作家の哲学があり、そして望郷の思いが「日本語」をつづらせるのでしょう。

狭い日本列島の中で、同じ肌の色をした、同じ国語を話す人とのつきあいしか知らない私たちには、到底理解しがたい心の屈折があるに違いありません。

フロンティア精神で移住した一世、二世の時代から、すでに三世、四世の時代に移りつつある社会の中で、生き甲斐を十七音に求めようとする純粋さをたいせつにしたいと考えます。

●全米川柳自選句集から

いま、私の手元に、一九六〇年（昭和三十五年）発行の『全米川柳自選句集』という六百頁近い大冊があります。それには、アメリカ各地の川柳団体に所属する二七六名の作家の自選作品が収められています。ロスアンゼルスに事務所を持つ川柳つばめ吟社主催の合同句集で、北米、素市、ポートランド、オンタリオ、ユタ、鹿子、シェルトン、マンハッタン、桜府、桑湾、セコイヤ、つばめと、在米のすべての川柳社を結集した初めてのものというだけに、歴史的に意義のある出版物です。

アメリカにおける川柳のスタートは、一九一〇年、ワシントン州ヤキマで創立された「北米川柳」であるといわれています。本多華芳氏の指導で、同好の人たちが集まって、お互いに作った作品を批評し合う互選会のかたちから徐々に広がっていったものです。

在米日本人が、カリフォルニア州へ多く移住したのち、「加毎川柳」などで一斉に花を開かせましたが、アメリカの川柳が、その本領を発揮したのは、実に第二次大戦中の収容所時代だったのです。

「アメリカ川柳の灯は第二次大戦中も消えなかった。日米開戦と同時に、一九四二年（昭和十七年）から在留邦人は米国内十カ所の収容所に送られたが、十カ所の収容所にそれぞれ十の同好会ができ、収容所中の四カ年の間、支給される筆・紙によって会報が作られていた。用紙さえほとんど入手できなかった戦争中の日本国内を思えば、皮肉ともいえるが、この収容所内同好会が、終戦後いちどに開花する吟社《ぎんしゃ》創立の基盤になった。」

（『川柳総合辞典』尾藤三柳編，雄山閣刊「海外川柳の概況」）

NHKの大河ドラマ「山河燃ゆ」に描かれていた収容所生活。それが川柳を育てる土壌になったということが、「川柳」という文芸は何であろうか——という答えになっています。

世にいう逆境、挫折の時期にこそ力を与えてくれるもの、十七音のしらべに乗って、どん底から息を吹き返す生命力のあらわれといってよいのではないでしょうか。

薄氷も踏んで移民の髪白し　　ロスアンゼルス　阿部木奴見

味噌汁の味かチーズかふと迷い　　ニューヨーク　阿部大苦満

死に場所にもう戸惑わぬ市民権　サンジエゴ　藤井　孫六
日本便むさぼるように母の事　サクラメント　古田志津子

「市民権を得る」と、文章の中でよく使われますが、在米邦人にとって、この「市民権」の重みが体感としてあるのだと思います。

また刺身ですかと二世食べならい　サクラメント　羽藤　淡水
排日は書いてなかった旅行券　フォウラー　萩原すみれ
帰化市民辞書は飾りでない手垢　ロスアンゼルス　花見　留雄
十字架に聴きたし胸の上で揺れ　ニューヨーク　橋本　京詩

今は、アメリカで「おすし」がブームを呼んでいるそうですが、開拓者として移住して行った一世たちが、わが子の二世へ日本人としての伝統をどうやって引き継ぐかに苦心していた様子が作品からしのばれます。「排日」ということばの持つ意味を理解できる人たちが少なくなりつつある現代にあっては、「戦争体験」そのものが風化しつつあるのです。

武器をとっての戦争から、お金を動かす戦争、つまり経済戦争へ移った世界の中で、再び「排日」のことばが叫ばれないよう気をつけたいものです。

働けばこんな日もあるべケーション　フレスノ　伊藤　蘭女
移民秘話語る古老へ炉のほてり　バークレー　水原　愛子
変哲もなくアメリカの初日の出　オークランド　大塚　放牛
自信なき英語で過ぎた半世紀　オークランド　岡田　民子
盆おどり故郷の一夜さながらに　サンジョヨゼ　磯　小梅

同じ地球で仰ぎ見る初日の出。太陽の大きさに変わりはないのに「変哲もなく」と受け止めてしまうのは、作者の心の片隅に、もう一つの祖国があるからでしょう。

そうです。海外の作家たちにとって、十七音は、母なる国をからだで確かめるためのリズムでした。

3　言いたいこと　いま言わなくて

●個の表現、女流の時代、行動の時代

積極的な「自己表現」「自己主張」の願望は、経済的繁栄にはぐくまれた中流意識の中で、他人とはひと味違った「自分」というものをどのように実現しようか——という「個の表現欲求」となって具体的な行動を起こすことになります。

今日、どこのカルチャーセンターも盛況であるのは、こういった個の要求にもとづく「生き甲斐論」に支えられているからでしょう。

ロウソクが燃えると亡母が笑います　宮田　和

仏壇に飾られた亡き母の写真の前にすわり込む主婦のひととき、ローソクの炎がかすかな風に揺れたその一瞬、「お前も子育て大変だろうけど、くじけず頑張りなさいね。」と、母が語りかけた気がする——と感じたことを、そのまま五・七・五に写しとったのでした。

本当のことしか言わぬ山ざくら　　　和田　恭子

なぜ、「山ざくら」なんだろうと、思われるかも知れませんが、虚言、不誠実、背信といった行為に、たびたび出会った果てに、たどりついたのが「山ざくら」だったと思って下さい。作者にとっては、それは自分のことをわかってくれる唯一の存在なのです。

今の時代に、「山ざくら」が「山ざくら」のままでいることは、たいへん難しいことかも知れませんが、あえて、それを選択しようというのが「個の主張」だと思います。

時の川柳社（神戸市）の第六回ときせん賞受賞作品の「自句自解」に、「川柳との出会い」を覗いてみましょう。

水掬《すく》う　人を忘れて神を忘れて　　　小山　紀乃

「私の生き方に、水を重ねるようになったのは、姑の介護に明けくれた十年くらい前でした。神経内科の難病だった姑に添うには、身も心も、水のようにしなやかにならねばと思いました。水掬う……の水は、そのような私なのです。うっかりすると低い方へ流れて行く水、泥にまみれて、濁水となって流れてゆく私を掬う時、ただ貧しく自分だけを見つめ、自分だけをいとおしく思うわが姿の哀しさを詠んだものです。」

大根を切る手で過去は斬れないぞ　　佐野美知子

「美味しい冬大根は、手に重く、冴えた白色で、さくっと輪切りにすれば、爽やかな香が立ち、瑞瑞《みずみず》しい内面をたやすく見せてくれます。でも人間の内側はそう簡単には割り切れません。人の心は複雑で、過去のさまざまな経験の集積と、桎梏《しっこく》に喘ぎながら瞬時を立ち止まって、自己の内面を凝視するということが、なかなかできません。惰性のままに生きている私の焦りを作句しました。」

みどりへみどりへ転がる毬の自由など　　松原　寿子

「十二年前、川柳をやり始めた時から今日まで唯ひたすらに恋の句を詠み続けてきました。受賞句ですが、新緑の季節に歯止めは無用、下五の『自由など』のこのあたりには垣根がある事も含め『!!』であり、また『無限の夢』も秘めています。それ故、広い意味での恋の句と受け止めて頂けたら幸甚です。」

（『時の川柳』六十一年六月号掲載）

受賞者が三人とも女性作家であるということは、今日の「女流の時代」を象徴しているように思われます。子育てから解放された主婦層や、世に実年と言われる人たちにとっても、現代は「行動の時代」なのです。

行動の態様はいろいろあるでしょうが、今、この本を手にされているあなたの一番手近なところに「ことば」があり、その「ことば」を七・五調の韻律で紡《つむ》ぎ合わせた川柳という短詩があります。

せっかく、この世に生を受けて、自分史とも言える人生を歩み続けているあなたの「いま」の刻一刻を、五・七・五の十七音でコピーしてみようとは思いませんか。

私は、私自身が長い時間をかけてみつけ出した、この短詩をつくるよろこびを、もっともっと多くのかたに分かちたいと願っています。

4　子育て日記

●『走れ　サブロー虫博士』――内田順子作品集

育児の記録を克明につけていらっしゃるかたは、少なくないでしょう。そして、その奮戦記が本になって書店の棚にならんでいるのも、よく見かけます。

子育てというのは、人間の歴史はじまって以来、いえ、その祖先の類人猿の時代からはじまる大事業だからです。今から、ここでご紹介しようと思うのは、その子育ての日日を、五・七・五の川柳でつづり続けているというユニークな作家の作品集です。題して『走れ　サブロー虫博士』という本で、名古屋の川柳みどり会（渡辺和尾主宰）と小学校ＰＴＡを母体とした「川柳わたげの会」に所属する内田順子さんの六年間の川柳育児日記です。

「昭和五十三年五月のある日、名古屋市立矢田小学校のＰＴＡ学級集会の席で佐藤桃子さん（川柳みどり会副会長）に出会って（つかまって）、結局、川柳を始めた。

間もなく、私は第三児を妊った。題材を捜していた私は、胎児につぶやいていることばをそのまま川柳にしていたようである。昭和五十四年九月二十四日午後五時四分、何時間も鳴り止まない雷の中で生まれた。秋分の日だった。二十四日が秋分の日という年は当分やってこないというめずらしい日である。その子、三郎。九月三十日昼過ぎ退院。名古屋市東区矢田町二丁目六十四番地での五人家族の生活が始まる。そして、三郎は幼稚園修了までをここで過ごす。
この記録の全期間でもある。」

内田順子さんの「あとがき」の一章ですが、その川柳育児日記は、まだ胎動のころからはじまっています。

朝顔ひらく　（出産まで）

つんざく風がくる　花のかなたから
この梅雨のしずくにぬれて母とならむ
姙婦でござる　お通しくだされ

三句目の、「姙婦でござる　お通しくだされ」の底抜けに明るい作品は、いったいどこからくるのだろうと思うのです。「姙婦」の「姙」、つまり「みごもる」という字は、女偏に任《まか》せると書きます。子どもという、自分とは別の人格になるものを、自分の体内に宿して十カ月間過せるのは、女性しかいないのです。断じて男性ではなり得ない、この妊婦という実在に確信を持っているからこそ、できた作品なのでしょう。

一句目の、「つんざく風がくる　花のかなたから」は、九音プラス八音の変則十七音になっています。五・七・五音の句切れに慣れた目には、破調ではないかと思われるかも知れませんが、「今、まさに出産という嵐を越えて一児を得んとする」心情を託したものとして、よく理解できます。

つんざく風がくる　花のかなたから

と、何度も何度も口の中でことばを転ばせてみると、あーら不思議や、十七音のリズムになってくるのです。

この梅雨のしずくにぬれて母とならむ

の、「母とならむ」は六音です。私は、原則として下句は五音であるべきで、六音には反対ですが、この作品の場合、仮に「母となる」と五音に整えて、

この梅雨のしずくにぬれて母となる

とする方法もあるでしょうが、それでは、自分のこのナマの感動は伝わらない——と、作者は思ったに違いありません。一番近い表現としては、

この梅雨のしずくにぬれて母となろ

だろうと思いますが「母となろ」は「母となろう」が正しく、それでは同じ六音になってしまい

ます。ここまで考えますと、私はこの場合、例外的ですが、下六音を許容したいと思います。しかも、「母とならむ」の文語表現を積極的に推します。

まほううた　（サブロー　〇歳）

親指のたけほどの足　ちゃんと足
赤ちゃんの手のぬくもりはおねむです
この歌は泣く子が黙るまほうのうた

当たり前のことをいうようですが、「〇歳」は「ゼロ」ではありません。でも、「一」という整数でもないのです。この不思議な生きもの、「〇歳」のわが子をみつめて、こんなことが川柳になるのだろうかというポイントを、たやすく句にしています。母なる人の感性とでもいうのでしょうか。

親指のたけほどの足　ちゃんと足

手も足も二本ずつ、しかも、それぞれ五本ずつの指がしっかりとついている。それを、母の目で、手で、たしかめられることの幸福感を、「ちゃんと足」と、たったの五音で言いつくしています。

もし、川柳との出会いが彼女になかったなら、その育児日記は、ただの散文に終っていたことでしょう。自分のよろこびを、自分だけの独占物としないで、他人にも分かち合えるよろこび——それが、川柳という詩型だと思うのです。

ダケチボブー　（サブロー　一歳）

こんにちは自分の写真にごあいさつ
引き出しは閉める時にはかみつくよ
ダケチボブーみんな赤ちゃん語で話し

「童心に返りたい」「子どものように純真で」と言っても、いったん「おとな」になってしまったら後戻りは絶対できないのですが、作者は育児という日常の中で浄化作用を受けて、こんな作品が生まれました。作ろうとしてできたのではなく、サブロー君をみつめているうちに発酵してできたのでしょう。

水でっぽう　（サブロー　二歳）

ころんでも母との距離は縮まらぬ
鼻水を拭く母ちゃんは大きらい
水でっぽう顔をねらったわけじゃない

一句目、母と子の深い絆《きずな》。二句目、三句目は自我が芽生えてきたきざしが、よく見えますね。

クワガタマン　（サブロー　三歳）

くわがたの味方だぼくはクワガタマン
あきちゃん遊ぼ一つどんぐりあげるから
三歳のケーキは自分でぼくが切る

百匹の蟬　（サブロー　四歳）

父ちゃんにまっすぐ意見する四歳
虫ハカセ見つけた虫は全部飼う
百匹の蟬と別れた夏休み

枇杷《びわ》の種子　（サブロー　五歳）

ヤイ兄ちゃん五歳のボクにいばる気か
泣き虫もひとりになれば強くなる
枇杷の種子《たね》埋めて十年先のぼく

育児日記というより、サブロー君を近くから遠くからみつめ、ともに笑い、怒り、泣いた六年間の生活記録を十七音でつづっています。

私が、ここに内田順子さんのたくさんの作品を、あえてご紹介したのは、川柳との出会いかたには、こういう形もあるんですよ――と申しあげたかったからなのです。

むつかしいむの字でいつもひっかかる

これは、サブロー君自身のつぶやきを、お母さんがメモしたものです。

「順子はどちらかというと左脳タイプの人間だと思うが、あえて右脳に挑戦したことに拍手を贈りたい。」内田悦行氏、サブロー君の父、順子さんの夫の祝福のことばに包まれて、これからも、すばらしい川柳を書きつづけて行くことでしょう。

5　職場で、病院で、家庭で

●四人の作家の玉手箱

定年退職を記念して、みずからの作品をまとめて句集を出されるかたも多いのですが、今回はその中から「川柳との出会い」を探ってみたいと思います。

吊皮のラインダンスが陽を弾く　　　　奥山　晴生

京都市交通局に永年勤務し、退職した記念に、『車輪』という句集を発行した奥山晴生氏の作品です。

句集のうぐいす色の表紙は、一番好きだった七〇〇型市電のボデーの色であり、タイトルの「車輪」は、三十八年間お世話になった市電、市バス、地下鉄の車輪からとったもの――と、晴生氏が語っています。

氏の川柳との出会いは、交柳会という職場川柳会にはじまっており、働きの場、そしてその仲間たちとザックバランに語り合う中で、五・七・五が詠まれてきたのでした。

地下鉄に風あり男の職場とす　　奥山　晴生

市電から市バスへ、そして地下鉄勤務へと職場が移りかわる中で、負け犬になるまいと、歯を食いしばってできた作品だと思われます。

自分の身のまわりを詠むこと、自分が働いている職場を詠むことは、簡単に見えて一番難しいのです。なぜなら、それが余りにも身近かでありすぎるために、客観的に事象をキャッチできないというおとし穴があるからです。

そこを突き抜けて、なおかつ作品化するという作家としてのエネルギーの燃焼が必要になってまいります。自分の職場を詠むことの難しさは、それがナマの人間関係と結びついているところにもあります。趣味の世界とは言いながら、こんなことを詠んで、さしつかえないだろうかとか、いらざる雑念が作品化を妨げることが多いのです。

それが、社会の常識人の配慮というのかも知れませんが、少なくとも文芸創作上はマイナスの要素で働くのです。そこをあえて、作品化する——作家としての執念を見ることができます。

偽証している表情を大写し　　大場　可公《かこう》

生存者氏名テレビの仮名を追う　　〃

破顔一笑政治家嘘をついている　　〃

新聞記者という社会の「るつぼ」のような生活の中で出会った川柳という文芸。西日本新聞社の各地総局長、編集長などを歴任して退職し、現在は、福岡川柳作家協会会長、川柳噴煙吟社同人として後進の指導にあたっておられます。

「私が最初に川柳とかかわりを持ったのは、上野十七八《さかり》氏（故人「番傘」同人）を通じてである。昭和三十五年、新聞社の八幡勤務となり、当時西日本新聞八幡版に掲載していた「八幡柳壇」の選者が上野十七八氏であった。以来二十余年、飽くこともなく句作をつづけてきたが、川柳の道は深く遠い。そして私の歩みは遅々である。これからも私なりの歩幅で歩いて行くしかない。」

五十八年に刊行された句集『みち潮』の「あとがき」にあることばです。

今日もまた受話器は鳴らず老いふたり　大場　可公

情愛の句も少なくありませんが、やはりこの作家の持ち味は、記者生活で養ったシビアな目だと感じています。

ささやかな情手錠に布を着せ　池田　南岳
うどん半分残し刑事が走り出す　〃
昇任試験背で妻子の声がする　〃

警察生活三十五年、うち二十四年を刑事として勤務した池田南岳氏が退職記念に編んだ、その名『刑事《デカ》』という句集の中の作品です。

「昭和三十六年、生活に疲れて闘病生活に至ったが、ここでも私は幸運にも人の温かさに救われた。そして、川柳と初めて出逢ったのである。闘病生活から得た人の情けを考えるとき、私は一貫して私の川柳をつくらねばならない、川柳は私の心であるべきだと自分自身に言い聞かせたものである。私は、刑事生活を通じて人生の厳しさ、人の情けを説き、そして自分をも律するため、句を作り続けたつもりである。」と、「あとがき」で述べており、この句集を奥さんと三人の子たちへの贈りものにしたいと結んでいます。

刑事という職業柄、人生の暗い断面にふれることが多かったことでしょう。そして、

癒《い》える日へ今日も重たい箸をとる　池田　南岳

と、療養生活に入ったために、川柳と出逢うことになるのです。うどん一杯をゆっくり食べることも許されない多忙な毎日から解き放たれて、病院のベッドの上で、否応なしに自分自身をみつめることとなったとき――自分の本音でつきあうことができる短詩「川柳」が彼の心をとらえたのだと思います。

作業衣に着替え男の貌《かお》になり　宮本　凡器
参観日うちの子はまだ手を上げず　〃
嫁にやる貰うドラマが近くなる　〃

三十五年間、印刷会社に勤めて定年退職をした記念の作品集『無冠の譜』を六十年八月に発行しました。収録一千句、すべてを毛筆でしたためてある異色の句集です。それは、彼が永年、印刷の下版作りという仕事にたずさわってきた職人魂のあらわれであると感じたことでした。

寿という字娘を連れて行く　宮本　凡器

娘さんを嫁がせるときに詠まれたものですが、この一句を得たことで、彼の三十年の川柳生活が、すべて酬われたのではないでしょうか。

定年のその日も父のランチジャー　宮本　凡器

この一句を残して、職場を去ったあとは、いわば川柳会社での毎日の勤務です。無報酬、手弁当。しかも、交通費も手出しというのに、毎日毎日、同人雑誌の編集、発送、句会の企画、準備、郵便物の整理などのため川柳社事務所へ通いつめる情熱は、たった一度の川柳との出会いからはじまっているのです。

川柳噴煙吟社の創設者で、当時、新聞柳壇の選者をしていた大嶋濤明氏からの一通のはがきが彼を川柳の世界へと誘い込みました。


大宇宙両手ひろげた巾のなか　　大嶋　濤明

という句に見られるように、「川柳は宗教であり、信仰である」と言い切った信念に、しだいしだいに魅かれていったのでしょう。


定年を一つの節目として、句集を出したこれら四人の作家は、玉手箱を開いて白髪に変わっても、心は全く青年のまま。五・七・五の十七音で、はてしないロマンを追い続けているのです。

この本を今、手にしているあなた。

そうです。そのあなたは、今素晴らしい出会いの中にいるといえないでしょうか。

日本固有の短詩「川柳」を、あなたにおすすめいたします。

第四章 実作の手法

1　テーマで連作

●課題詠――他動的連作

今、クイズがブームです。どのチャンネルをまわしてもクイズ番組が主役をしめています。世の中平和なんだなあというのが偽らざる感想ですが、平和であるだけに、やはりメンタルな刺激のあるものを人々が求めるのでしょう。

そういえば、江戸時代の天下泰平と思われた時期に、連歌、俳諧、前句附《まえくづけ》といったものが流行したことを思えば、歴史は繰り返すということであるのかもしれません。

川柳が、前句附から独立して生まれたものであることは、前にも申しあげましたが、その前句附の前句題、たとえば、「こらへたりけりこらへたりけり」という前句に附けて「孝行に持つ女房は年がたけ」（柳多留二篇）と詠んだり、「むつまじひ事むつまじひ事」の前句へ「碁敵は憎さもにくしなつかしさ」（柳多留初篇）という附句を詠むことは、一種の知的ゲーム、つまり今日のクイズのようなものだったともいえましょう。

そのように考えますと、今日の川柳界で今なお課題詠が盛んであるのも、うなずけるところです。ただ、川柳の課題詠は、俳句の季題を出しての作句よりも、範囲が広く、課題を出すのは、あくまで課題を足がかりとして、十七音の自由な発想を展開させようとするものだと考えられますので、その意味では「ちょっとだけヒント」ということになるのでしょう。

課題詠がすたれないもう一つの理由は、川柳における句会などによる選句は個人選が主流で互《ご》選《せん》が従となっている点にあると思います。

限られた時間内に、参加者に出句をすませてもらい、それを集めたもの（「句箋《くせんし》紙」という用紙に書き込んだもの）を、これまたきわめて限られた時間内（長くて一時間以内）に選者が入選句を選んで、それを即座に発表するという、即戦即決、料理番組のようなシステムがそれを助長しているものと思います。

その入選句を聞く参加者にしても効率的で便利であるし、何よりも焦点がしぼられているという点が魅力であるのでしょう。

前句附の前句と附句の取り合わせの妙味といったダイゴ味を満喫できる点では共通しています。課題詠というのは、もともと競詠を前提としているのです。

同一課題のもとで、A・B・C・D・E……とそれぞれの作者が十七音にまとめ上げる技術を競い合う。そして、その作品の優劣の判定を一定のキャリアのある選者という人の手にゆだね、その結果の発表によって作品を社会的に認知してもらう――そういうシステムが課題詠です。

したがって、課題詠というのは、課題を足がかりとして、そしてその制約のなかで、いかに想を広げて連作をするかということになるのです。スポーツでいえばフィギュアスケートのショートプログラム、音楽コンクールでは課題曲がそれにあたるのでしょうか。
課題による作句実例を見てみましょう。

課題「障子」去来川巨城選
子はみんな手元離れて行く障子　小松原爽介
課題「飽食」吉岡茂緒選
飽食の馬に王様乗せてやる　赤松　隆男
課題「民主主義」田中好啓選
六月の花頒けたがる民主主義　寺尾　俊平
課題「包む」藪内千代子選
偽ものの壷をうやうやしく包む　礒野いさむ
課題「消印」吉岡龍城選
八月六日を消印とする原爆忌　田口　麦彦
課題「ピカソ」尾藤三柳選
ピカソである街鳩の足みんな赤い　小管　裕子
課題「柿」安藤亮介選
空がある星になれない柿だけど　鈴木まこと

課題「情け」　森中恵美子選

ひまわりの花が情けに向いて咲く　外山あきら

課題「働く」　山本宍道郎選

働いて玉手箱には手を触れず　佐伯　光子

課題「愛」　渡邊蓮夫選

人を愛し花を愛して丸く住む　猿渡三十四

課題「傷つく」　田口麦彦選

花時計まわるだれかを傷つける　高木千寿丸

課題「北」　時実新子選

花吹雪還らぬ島が北にある　ちば東北子

課題「家族」　長谷川紫光選

核家族ほうれん草はすぐゆだる　墨　作二郎

名詞の課題が一般に作りやすいと言われますが、動詞や形容詞の出題も想の広がりがあってよいとよく出されています。課題が出されると、そのテーマに向けて一心不乱に作りはじめるのです。同想、類想の堂々巡りの一次発想から、二次発想へ、そして半分たのしみ、半分苦しみながら、つぎつぎと連作を重ねて行くのです。

短時間に集中して想をふくらませて行くところがミソで、与えられたテーマという他動的な面はありますが、実作には有効な手段です。

初心時代は作句の手がかりが掴みにくいものですから、まず課題詠で連作を試みてみるのが上達の早道です。そして、どのような題でどのような想が詠まれるか、句会に足を運んで自分の目や耳でたしかめることです。そういったことを何回も何回も繰り返すうちに、自分の思いを十七音にまとめることを習得して行くのです。

ただ、間違ってはいけない肝心なことが一つだけあります。それは、課題詠とか、句会とかいったものは、あくまで佳《よ》い句を創り出すための手段であって、決してそれ自体が目的ではないということです。課題詠に熱中し、句会のたのしさに酔う、それも川柳のダイゴ味の一つには違いありませんが、それだけに終始しては、句作り職人で一生を終わってしまうということになります。

「自分の思いを、自分のことばで、十七音につづる」これが、川柳をこころざしたみなさんの終極の目的でしょうから、その目的を見失わずに真っすぐ突き進んでほしいのです。

川柳を作るには、「こころざし」が必要です――と最初に申し上げたのも、実は目的と手段を間違えないための基本的な心がまえを感じとってほしかったからです。

●感動を書き残す連作

ものごとに感動して、それを書き残しておきたいと思ったとき——そこが文芸のはじまりです。喜・怒・哀・楽と一口に呼ばれる人間の感情のほとばしりは、一句だけに盛り切れることではないでしょう。いかなる名句も、ある事象の断面を瞬間的に切り取って見せているものです。そのように考えたとき、その事象を連続シャッターで立体的にとらえることはできないか、数十句をもって川柳小説を作り上げることはできないか——と思うに至るのです。最短詩型の川柳で、ドラマや小説のような厚みをどうやって作るかということの一手法として、私たちの先輩である作家たちは、連作を試みたのです。

連作には、連作をした作品に有機的なつながりがあり、相互に補完し合うことによって一定の効果を狙う狭義《きょうぎ》のものと、一句一句は独立しながらも、なおかつ、同一テーマに添う形で群作的な層の厚みによって訴求力を強めようとする広義の連作とがありますが、川柳の世界では、後者が圧倒的に多いようです。

「みつばち」一万句、「病妻譜」二千句の清水美江《びこう》。生涯「雲」のテーマを追い続けた葵徳三《あおい》。『定本岸本水府句集』に収められた「母百句」や「川柳小説——試作三篇」に見る岸本水府。「河童連作」「恐山ぴんく」他の川上三太郎。病中の澄んだいのちを詠った大山竹二。そして「半島の生まれ七章」を代表するレジスタンス連作の鶴彬。

これらの作家がこころざしたものを、今、残された作品集で読み取ろうとするとき、まずその峻烈な作家精神に打たれるのです。

吸い呑みに妻まだ今日もいのちあり　清水　美江《びこう》
アルバムの妻をはるかに妻病める　〃
死火山へ一瞥呉れて便器さす　〃
おむつ干しわが沽券など思うまじ　〃
病む妻の夢は花なき野を行くや　〃

昭和二十九年秋から半身不随となった妻を十五年間もの永い間看病しつづけた夫の十七音詩です。「みつばち」一万句に見せた執念を、今度は、病妻とのかかわりのなかで燃やし続けたのだと思います。

母の肌ぬくぬくとして火事を見る　岸本　水府
教室に母も来ている手を上げる　〃
売上げをよむ母親とつりランプ　〃
母とみな嵐の下に生きのこり　〃

万一を思う日もあり母の咳　〃

昭和十四年二月、母の死に遭って作られた「母百句」の中の作品です。昭和三十三年一月、番傘五十年記念出版として出された『定本岸本水府句集』の中でも「序にそえて」とトップに飾っているところを見ても、いかに母への思いが深かったかが偲ばれます。

せいぢかのよむよりできぬかくせいき　川上三太郎

せいぢかのおのれにゆるくたにきびし　〃

せいぢかのなまりいやしくはかまはく　〃

せいぢかにせいぢかがきてみみこすり　〃

せいぢかのしきよくつよきはなのあな　〃

連作「せいぢか・八句」の中の作品ですが、連作という形式のほかにも、全部をひらがなで表現しているところに、政治家に対する批判の矢先があると思うのです。

昭和二十五年四月、読売新聞に時事川柳欄が開設され、川上三太郎氏が選者となりました。以後、四十三年十二月にこの世を去る直前まで十九年間もその選句を担当していたことが、作品に影響しなかったと言えるでしょうか。「消える文学」に消えないものを求めていたのではないかと今にして思うのです。

昂奮剤射たれた羽叩きてしやもは決闘におくられる　　鶴　彬
稼ぎ手のをんどりを死なしてならぬめんどりの守り札　〃
決闘の血しぶきにまみれ賭けふやされた銀貨うづ高い　〃
しやもの国万歳とたふれた屍を蠅がむしってゐる　〃
をんどりみんな骨壺となり無精卵ばかり生むめんどり　〃

「しやもの国綺譚《きたん》」という連作の中の五句ですが、昭和十二年の『川柳人』二八〇号に発表されていて、当時の戦争推進、軍部統制の中では、命を賭けての作品発表でした。このあと間もなく、「万歳とあげて行った手を大陸へおいてきた」「手と足をもいだ丸太にしてかへし」を発表して特高警察に捕えられ、過酷な拷問を繰り返され、のち翌十三年九月十四日獄死したのです。

言いたいことが自由に言える今日では想像できないできごとが、当時では日常茶飯のように起きていたわけです。そういう中での壮烈としか言いようのない連作に彼を駆り立てたものはいったい何だったのでしょうか。平和になった今、いや平和だからこそ、今考え直さなければならない問題でしょう。

歌を忘れたカナリアのように、ナルシズムにひたって諷刺の音色を忘れかけていた現代川柳に衝撃的な連作が現れました。『番傘』昭和五十九年九月号の作品です。

被爆者どうしの会話　　　　　　　　　　　和田たかみ

下敷きば見殺し骨ば拾うたと　　　　〃
生れたばってん小頭症で死んでしもた　　〃
引き吊《つ》った痕《あと》ばい貰い手がなかと　　〃
あん時のガラスびっこは治らんけん　　〃
放射能害とカルテに書いてなか　　〃
やられ損ヒバクシャエンゴまあーだげな　　〃
どげんもんか煮え湯かぶればわかるじゃろ　　〃

この作品は、田辺聖子さんの好著『川柳でんでん太鼓』で「長崎弁がこのように沈痛の思いを表現するに効果があるとは、はじめて私も知った。ニッポンが負うた手傷はまだ深いところで癒《い》えていない。衝撃を与える時事川柳として推す。」と紹介されています。

ひろしま、ながさきも遠い昔の記憶に押し流されたかに見えますが、チェルノブイリ原発事故、チャレンジャー爆発、原潜沈没、そして福島第一原発事故と、形を変えての核の恐怖が押し寄せています。感動と呼ぶには程遠い事象ですが、連作の対象には十分すぎる事柄のようです。感動、期待、不安、怖れ、ｅｔｃ。連作にあなたもチャレンジしてみませんか。

2　フィーリングで勝負

●眠っていませんか――あなたの感性

「三日」「三月」「三年」というのは、期間の節目といわれますが、「三日坊主」「三日天下」「三号雑誌」「三年目の浮気」など、あまりよい意味には使われていないようです。

川柳の場合は、五・七・五の十七音を基調とするほかには何の制約もないことから、入口はきわめて広く、「三日」すれば、指折り数えずに何とか句にすることができ、「三月」で熱中して句会の題詠ではポンポンと入選し、「三年」もすれば、ひとかどの川柳作家として認められる――といった具合で、比較的安易なかたちで定住しやすいのです。

「入りやすい」「作りやすい」という利点がある反面、その作りやすい境地で納まって、「川柳とはこの程度のものだ」と思い込んでしまう欠点を持っているのです。

口語――話しことばは、文語の格調ある文体にくらべて自由気ままであるかわりに、俗っぽく、散文調に陥りやすい文体ですので、リズム感あることばの選択を怠ると句の品格が保ちにくいでしょう。そして、同じ境地の中で、五・七・五にまとめることを繰り返していると、当然マンネリズムになってきます。「根岸の里の侘び住まい」と月並調の俳句を笑っていた自分自身が、そのマンネリの壁に突き当たって挫折感を味わうことになります。

そんなとき、どうしたらよいでしょうか——という質問をよく受けます。言い古されたことばですが、「初心にかえる」ことです。「初心にかえる」ということは、「肩の力を抜く」ことです。よいことばを見つけて、カッコよく句を作ろうと思う雑念を捨て去ることでしょう。その雑念を取り払ってしまったところに、自分自身の感性、いま風に言うならばフィーリングの泉が湧き出てくるわけです。

人生に意味などないよ飲みたまえ　台信《だいのぶ》　碌郎《ろくろう》

私の師、大嶋濤明《とうめい》とともに川柳噴煙吟社を創設した人で、昭和四十八年に故人となっている方の作品ですが、酒豪で飾らない人柄であったことを偲ばせるものです。

「短いことはよいことだ」「意味ではない、感覚だ、人間の生理だ」と金子兜太氏は『感性時代の俳句塾』（サンケイ出版刊）の中で喝破しています。

感性とは、辞書を引くと「感覚的刺激や印象を受容したり、経験を伴う刺激に反応する心の能力。直観の能力。」とされています。もっと平たく言えば、「感ずるこころ」であり、これは、多少の個人差はあるにしても、だれでもが持っている能力だと思うのです。すぐれた詩人や、天才的な音楽家だけが持っているものでは決してありません。「自分には、そんな能力はない。」と思っている人は、自分の心の中に眠っている感性を呼び起こすことを面倒くさがっているだけのことでしょう。イラストがうまくて、ことばのもじりが得意な新人類だけに感性があるわけではありません。むしろ、深い人生経験からにじみ出るような熟年、実年の人たちからの感性が、多くの心を揺さぶるのではないでしょうか。少なくとも、私はそう信じています。

酒たばこ塩さえ減して生かされる　柴田　午朗

私が二十代の青春真っ只中のころ、五十代、六十代の人たちには、どんな楽しみがあるのだろうと不遜にも思ったことがあります。今、その年代に自分が立ってみて、たいへんな思い上りだったなあと、しみじみ思うのです。二十代には二十代の、六十代には六十代の風景があって当然なのです。

●赤ちゃんの手のひら

私からあなたが見えるだけでよい　芝本乃里子

幼き日蝶を洗った記憶あり　〃

玉乗りができてピエロはあたりまえ　〃

老いるのが鳥もけものも早すぎる　芝本乃里子
死んだふりしてる男の多いこと　〃

気がつけばせんたく物に鳩がくる　坂東乃里子
人妻とわが名のあとに書いておく　〃
各ドアの奥ひとりずつ妻がいる　〃
胎児はねまわれば何もかもピンク　〃
母なれば軽々かつぐ赤ん坊　〃

時実新子主宰の『川柳展望』の中でも注目している作家の一人ですが、何といっても二十代の感性、それも詩性キラキラという匂いを感じさせないで、スウーッと人の心の中に入り込んでくる不思議さに魅かれるのです。結婚されて、「芝本」から「坂東」へと姓が変わってからも同じようなペースで、見るもの聞くものを作品化していく、その「さりげなさ」に注目してほしいのです。もちろん、一人の女性が、妻となり、母となって行く過程は、ものすごい精神的エネルギーを必要としたものでしょうが、それを少しも感じさせない自然体が好ましいのです。

赤ちゃんの手のひらにわく真綿かな　坂東乃里子

今、彼女は子育ての真最中ですが、その小さないのちをいのちとして句作りに励む中で、彼女自身もすくすくと伸びて行くのでしょう。独身時代は、きらめくような才能を披瀝しながら、結婚したとたんに音信不通になってしまう女性作家が少なくない中で、順調に平行移動を成し遂げたといえます。

手を重ね合って真意は聞かぬまま　萩原　華雲
明日もまた逢えると思う遠花火　〃
思いっきり走る聞こえぬ振りをして　〃

何とみずみずしい作品でしょう。私も二十代のころ、こんな句を作ったのかなあと郷愁をそそられます。そのとき、自分が感じたことを素直に作品にする――これがフィーリングの句にほかならないのです。

「私には、短歌、俳句、川柳と短文芸を趣味に持つ母親がいます。（中略）今まで見えなかった世界に、初めて目を止めた時の驚きは何にも換え難く、この感動を句に残せたらどんなに幸せなことでしょうか。私と違い、母はいろいろな分野に手を拡げ、確実に自分のものとしていく姿が見えます。けれども、私は川柳一筋に求めていきたいと思っています。二十代は二十代にしか作れない句を、今の私にしか出来ない句を、後にこの句を読んだ時、この時の感動を思い出すためにも、川柳というものを追求し残していく覚悟です。川柳とは、川柳とは私の命です。生ある限り、愛していきます。そして、それによって自分を磨き、人生イコール川柳と胸を張って言える日を夢見て日夜頑張っています。」

これは『川柳展望』四十七号に掲載された二十代作家、萩原華雲さんの文章ですが、今日、この時のフィーリングに賭ける意気込みがよく感じられます。

この溝を一緒にとんでくれますか　高橋かづき
わけもなくやさしい文字を書かないで　〃

なんとなんと「やさしさごっこ」がはやっている裏での「いじめごっこ」を見通しているかのような作品です。あれこれ理屈を並べる前に、サッと一瞬のうちに沙漠から砂金を掴み取ってみせる――そんな幻覚さえ感じさせるのです。

やさしさを補う春の靴のいろ　早良　葉
まんさくの花横顔に悔いはなし　逸見　監治
くるものはくる大根を抜いている　藤川　良子

二十代には二十代の、六十代には六十代の、と先ほど申しましたが、これらの熟年の作品に沈ませてある感性を読みとってほしいのです。

くるものは、きっとくる、それが愛する人との別れであるか、みずからのこの世への別れのときであるか、神のみが知ることですが、未来への不安感、無常感があればこそ、今日このいっときを大切に思うこころとなるのでしょう。

れんげ菜の花　この世の旅もあとすこし　　時実　新子

「あとすこし」「あとすこし」とハングリーな状態に自分を追い込んだとき、沙漠の中のオアシスのように感性がよみがえってくるのだと思います。

3　コピー感覚に学ぶ

●コピーライターの先駆者、岸本水府《すいふ》

「コピーライターの系譜を書こうとすれば、まず頭に浮かぶのは片岡敏郎と岸本水府であろう。しかしそのあとは、すぐには続かない。この二人はそれだけずば抜けた存在であったし、このようにコピーに打ち込んだ人は、現在までを考えても、そうザラにはいないからである。

それに困るのは、コピーライターという存在が無視されたり、軽く見られていたために、少し時を離れてその人のコピーや業績を調べようとしても、資料がなく記録されていない。岸本水府についてすら、なかなか資料にぶつからないほどである。」（『コピーライター——日本の広告を創った〝言葉〟の技術者たち』新井静一郎著、誠文堂新光社刊）

この本には先駆者としての岸本水府氏の足跡を十五ページにわたって記述してあります。大阪の新聞社から桃谷順天館へ、そして福助足袋広告部に移って十一年間広告づくりをし、のち寿屋（現サントリー）を経て、グリコ支配人となり、グリコ上昇期の広告活動の核となっていたのです。

福助足袋時代の有名なコピーは新聞広告として掲載した短文。

穿《は》く身になって作る

というもので、これは「そのころの広告群の中ではずばぬけて端正だし、現代にも通ずるものがある。」と著者の新井静一郎氏が語っています。

コピーライターであり、かつ川柳作家であった岸本水府氏のコピーの特長は、短文であること、そしてグリコでは「豆文」といわれたカタカナの短い文章であって、その制作については、コピーからイラストまでみずから手がけたということです。

グリコガアルノデオルスバン
ヂヤンケングリコ
オワンノフネニグリコモツンデ
シユクダイスンダ　コレカラグリコ
ダイスキダイスキダイスキダイスキダイスキグリコ

新井静一郎著のこの本には、このような豆文がたくさん収録してありますが、これらの豆文の中に、川柳を作るためのエッセンスがみんな詰めこまれているような気がします。「着想の卓抜さ」「リズム感」「繰り返しの技法」「親近感を呼ぶ比喩」「童心への回帰」等々が感じられるのです。これは、次の五・七・五のかたちをとった豆文で、さらに顕著に出てきています。

アサガホニグリコトオナジイロガアル
カケアシニタレカグリコノオトガスル
シヤボンダマ　グリコタベルコウツツテル
ナツヤスミ　グリコトニツキワスレズニ

「アサガホ」「シヤボンダマ」が登場するのは、広告の世界にあってロマンを求めようとする作者の情熱のあらわれではないでしょうか。

コピーは何といっても商品あるいは、企業イメージを強烈に読者に訴求しなければならない使命を持っているのですが、この、「読者に訴える」という点では、川柳も全く共通しているわけです。新井静一郎氏は、さすがにその点にも気づいて令息岸本吟一氏に選んでもらった水府川柳の代表作を掲げています。

電柱は都へつづくなつかしさ

ことさらに雪は女の髪へくる
恋せようとうす桃色の花が咲く
奈良七重ひねもす鐘の鳴るところ
春の草音譜のようにのびてくる
人間の真中辺に帯をしめ

まだまだ、たくさんの句が紹介されているのですが、コピーに使われたセンスや技法と、川柳という十七音に託されたものとが、きわめて似通っていることに気がつかれるでしょう。偉大な川柳作家こそ、すぐれたコピーライターであることを身をもって証明しました。

●現代のコピーに学ぶもの

みなさんは電車やバスに乗ったとき、何を考えていますか。座席にすわったとき、吊革を握って立っているとき、さまざまだと思いますが、目的地に着くまでは、全くの自由な時間なのです。じろじろと他人の顔を眺めているわけにもいかないでしょうし、さりとて車外の風景も通勤・通学となると、いつもの景色で新鮮味に欠けることでしょう。

私にとっては、そういったときが絶好の作句時間なのです。自分の空間と時間で考えること以外、何の雑念もいらない、この時間帯は神様が与えてくださったのではないかと思うほど貴重なひとときなのです。
しかも、考えるために、ピッタリといってよいほどの素材がころがっているのです。それは何かと申しますと、車内広告です。「カベ」「車内吊り」と称する広告の種類ですが、それらの色とりどりのポスターや掲示広告のことばを眺めていると、川柳の十七音が次から次にとめどもなく湧いてくるのです。あたかも連想ゲームのようにヒントが句想を呼び起こし、その句想をバネにして、また次のヒントが出てくるという楽しさです。

箱根の空気には、品がある　　小田急
ココロとカラダに尾瀬が効く　　東武鉄道
腹から日本を元気にする　　マクドナルド
すきっと飲めて、ぐぐっとうまい。　　キリンビール
わたしが変わる。世界を変える。　　資生堂
個性とか自由とか、そんなものはぜんぶ手の中にある。　　NTTドコモ
チカラをくれるのは、友達と音楽。　　ソニー
持っても、キレイ。撮っても、キレイ　　ビクター
この地球上で私がいちばん好きな場所は、帰り道です。　　三井不動産

未知のサポート。未知のラン。　ナイキ
ライバルという名の仲間がいる。　栄光ゼミナール
おばあちゃんの背すじが伸びた　東京スカイツリー
新興は、ロックだ。叫ぶのだ。　神田祭
どう使うかは、どう生きるか。　みずほ銀行
国の境目が、生死の境目であってはならない。　国境なき医師団

直接話法あり直喩あり暗喩あり、そして「もじり」ありと、ありとあらゆる技法が駆使されていて刺激になるとは思いませんか。

そして、一つ一つのコピーに時代を見据える視点や切り口があるということ、この点が川柳を作るうえで一番学ばなければならないことだと信じています。

「広告の根底にあるのはつねに批評機能だ、とぼくは思っている。」と、月刊『広告批評』の元編集長である天野祐吉氏が述べていますが、私はこれは、そっくり川柳に置き換えられることばだと感じています。つまり、川柳の根底には批評機能がなければならず、文明批評ができてこそ川柳という一つの文芸ジャンルを確立できるのだと考えているのです。


ランボーを五行とびこす恋猫や　寺山　修司

捨つべきか手の蝶いまだ死なざれば　寺山修司
桃太る夜は怒りを詩にこめて　〃
ヒロシマの虹や麦笛など吹かじ　〃
犬の屍を犬がはこびてクリスマス　〃

演劇の世界に、短歌に、そして俳句にとそれぞれのジャンルに異才を発揮して波紋を投げかけながら、若くしてこの世を去って行った寺山修司の世界は、まさに批評機能に満ち満ちていたと思うのです。彼の青森高校在学時代に、「川柳の悲劇――現代俳句の周囲」と題して書いた評論の中の次の一文が、川柳は本来の批評機能、方向性と知性とを持ってほしいという警鐘を鳴らしていたのです。

「川柳が同じ五・七・五を保ちながら、発生以来、芸術らしき所作を避けたために、それ自体作家の哲学性をも、美術、音楽性をも醗酵させるには至らなかったことを私はかなしみたいのである。（中略）川柳のアイデアは大抵の場合浅く、そして詩情がなく、決定的な打撃は愛誦的な価値に乏しいということである。そして江戸の発生期以来十年一日の如くウワサやカゲグチ、ウラミ事の落首《らくしゅ》的な方面に活躍していることは、ただの一つの取柄の庶民性を示していることにはなっても、わずかに趣味の限界を徘徊しているに止まるだろう。そこで、詩のない文学、切れ字と季感のない俳句である川柳を趣味以上たるべき方法として私が考えたことはこんなことである。第一に知性を持ちたいということ、更に一つの方向と課題を持つことである。」

（『青高新聞』昭和二十九年二月九日号）より

当時の川柳を彼が見聞しての感想であると思いますが、現在でもその指摘にノーと言い切れないものがあるのは残念です。

ともあれ、現代のコピーに学ぶべきものは、時代を広角に見据える視点であるということと、これからの川柳のあるべき方向は文明批評にあるということだけは、はっきりしたようです。

4 フィクションに学ぶ

●十七音のシナリオ

「フィクション」ということばは、辞書を引きますと「虚構、つくりごと」あるいは「事実によらず想像で書かれた小説」と書いてあります。それでは「虚構」とは、いったいどういうことだろうと、今度は百科事典を見てみますと「フィクションの訳語。仮構《かこう》（または架構）ともいう。」とありました。つまり、このことばと思想は、西欧の近代芸術観として輸入されたものなのでしょう。

私は、フィクションとは、虚しく構える「虚構」よりも、仮に構える「仮構」や、架けて構える「架構」のほうが、よりピッタリだと思えるのです。

なぜなら、人間は考える力を持っていて、その想像力を駆使して仮説を立て、現実と同様な鮮明な画像を映し出し、見るものの心を揺さぶろうとするものだからです。フィクションができるということは、人間の特権のようなものではないでしょうか。ドラマや映画で演技をする俳優の人たちを見ていると、いつもこの不思議さに打たれるのです。自分が全く体験したこともない役を与えられ、しかもそれを自然に演技して、見る人をして感動させる――たいへんすばらしい才能だと思います。

小説を書く人が、その小説に登場してくるすべての人生を歩むなどということも不可能なことで、それらはすべてイマジネーション、想像の力の産物です。

私たちの川柳の世界では、そういった「創造」はできないのでしょうか。

いえいえ、そんなことは決してありません。私たちの脳の中の意識には常に、「こうあった」という経験上のものと、「こうありたい」「こうあれば」という未経験のものへの憧憬、欲望、予見といったものが渦を巻いていると思うのです。それらを結びつけて、全体として一つの形あるものを作り出せばよいわけです。


津軽から売られ売られて来たリンゴ　和田　恭子

店先に並んでいるたくさんのリンゴ、お隣りからおすそわけしてもらった一個のリンゴに、フィクションの一滴をしたたらせると、このような作品が生まれるのです。

帽子掛にとり残されている帽子　西山　幸

掛けられているのは夏帽子でしょうか。秋風にそよいでいる帽子掛の帽子にいったいどんな思い出が秘められているのでしょう。「帽子」という静物を使っていて、決して静物画ではない「ただならないもの」を感じさせるというところがフィクションの強みです。

金魚いっぴき死ぬ　お祭りの灯の下で　　八木　千代

どんな人でも一生に一回だけは、いい小説が書けるのだそうです。自分自身が生きてきた道が、そのまま大河小説になるからでしょう。この作品を見て、川上三太郎氏の作品が鮮烈に思い出されてきました。

ある晴れた日が蝶々の死すべき日　　川上三太郎

金魚も、蝶も、そして人間も、きっと終わりの日がやってくることは、よく知っているのです。だからこそ、毎日がドラマなのですと作者が言いたいのではないでしょうか。吉川英治こと川柳作家、吉川雉子郎《きじろう》とも親しかった川上三太郎氏は、句にそえての軽いユーモアのあるコントが得意でした。

いっぴきでいつかは泳げ鯉のぼり　　門脇かずお

川柳界の中で、もっとも若い方に属する作家ですが、何とも明るい短篇小説です。グループで行動するか、みずからに閉じこもるかしか知らない今の若者たちへの諷刺もこもっているようです。

礼儀正しき海軍の生き残り　新家《しんけ》　完司

モデルがいるのかもしれない——とも思うのですが、いてもいなくても、これは一つの人間ドラマを描いていると思うのです。「礼儀正しき」「海軍の生き残り」と七音、十音の変則十七音であることが、かえってこの作品を強烈なものにしました。

●創造の過程

これまで、十七音で立派なシナリオが書けますよ、と申しあげてきましたが、そのシナリオも全く素手から生まれるものではありません。

無から有が生まれるはずはないわけで、有と有の結合、いま風に言うならば、「情報の結合」があってはじめて一本のシナリオができあがるのです。

人間が考えることができるのは、大脳があるからであり、中でもわずか三ミリぐらいの大脳皮質という脳の皺のようなものが、私たちの文化活動を支えているものであるといわれています。

何かを創造するというのは、この頭脳の仕事であり、情報を蓄積し、それを取捨選択するといった過程を経て、「これが私の川柳であります」と人様の前に見せることができるわけです。

A・F・オスボーンという人は、その著『独創力を伸ばせ』の中で、アイデアが生まれでる過程をつぎのように説いています。

(1) 方針の決定――問題を指摘する
(2) 準備――適当な資料を集める
(3) 分析――関連事項の分析
(4) アイデアをつくり出す―多くの考えを出す
(5) あたため――ひらめきの起こるのを待つ
(6) 総合――部分を集める
(7) 評価――できたものを評価する

これを見て、「新商品の開発過程」と同じことだなあ――と感じられるかも知れませんが、新しいものを創造する過程は、商品であれ、文学であれ変わらないと思うのです。

一つの小説を書くために何年も、場合によっては何十年もかかって資料を集めて、それを分析し、「ひらめき」が起きるまであたためて待つ、といったようなこともあるでしょう。

川柳を詠むための対象は、人間そのもの、そして人間がかかわる社会全般にわたるため取材の範囲は広いのですが、「何を」「どう詠むか」という目的がはっきりしていないと脳のコンピューターの選択機能が働きません。そして、選択をさせるためには、たくさんの「ことばのファイル」を蓄積しておく必要があります。

毎朝ドサッと届けられる新聞のチラシや、CMの一コマの中にも一つや二つの気の利いたことばを拾うことができるのです。川柳はわずか十七音です。そのわずか十七音だからこそ、詠まれる対象にとって、もっともふさわしいことばを選び出して一句をアウトプットする必要があるわけです。フィクションといえども無から有を生ずるものではないことがわかりますと、これは、とても「フィクションに遊ぶ」どころではないと感じられるかも知れませんが、川柳はもともと自由なのですから、そういう過程は過程として気楽に詠んでいいのです。フリンしていなくてもフリンの句を詠み、見たことがなくても見たように詠む自由があるのです。

平凡社刊『世界大百科事典』で「虚像（フィクション）」というところを開いて見ますと、「芸術の創作にあたって、あたえられた対象や事実を分析し、その中から偶然的なものを捨てて本質的なものをとりだし、この選びだしたものを現実と同様に鮮明で真実なひとつの全体にまとめあげる想像力のはたらきをいう。」と解説してありました。

平たく言えば「のような」「らしく」まとめ上げればよいということでしょう。

抱かれてふとバーゲンのちらしなど　奥田　義夫
違う男と見に来た海が荒れている　こだま美枝子
熱し易い男と坂を転げ落ち　坂下　久子
滅びてもいいくちびるの紅の色　鶴来　迷蝶
月下美人を見ている女もとおんな　松岡十四彦
あの人の港へつづく海が好き　松田　千鶴
宝石箱に罪な指輪がひとつある　阪東千寿留

香川県坂出市の案山子《かかし》川柳社から出ている川柳雑誌『案山子』（編集発行人、福家珍男子《ふけうずひこ》）六十一年十月号から拾った作品ですが、男から見た女、女から見た男の世界が広がっていて楽しませてくれます。

せち辛い世の中ですが、フィクションの世界に翔《と》びたって行くことはだれにでも許されているのです。

夫婦でも違反キップは切りますぞ　大江登紀子
すげかえのきかぬ首です悪しからず　平井　都
ユーモアをたっぷり聞いてる寺参り　葛西　チカ

ゆかた着てバザーの氷かくばかり　西部　郁子

小説も鍋もみがいて才女なり　久藤　美子

$\sqrt{a}$　水着はゼロへ近くなる　岩元　浅雄

ユーモアは、「遊びごころ」、つまり心のゆとりから生まれるものです。ユーモア小説、恋愛小説、SF小説なんでも自由自在なフィクションのワンダーランドへ、ごいっしょに旅立って見ましょう。

5　慶弔の句・年賀の句

●慶びの句

「誕生・初節句・七五三・入園・入学・進学・卒業・成人・就職・結婚・栄転・昇進・新居・改築・落成・旅立ち・創立・創業・結成・式典・除幕・発表・出版・全快・受賞・受章・還暦・古稀《こき》・喜寿・傘寿《さんじゅ》・米寿・卒寿・白寿・銀婚・金婚」

福岡川柳作家協会叢書第四集として発行された『バラときく』日下部舟可編、贈答句集の冒頭に掲げられている活字です。

結婚式の祝辞などで「二人になれば慶びは二倍になり、悲しみは半分になります」とよく言われますが、一人よりも二人、二人よりも三人で喜び合うことができれば、楽しいに違いないのです。人生双六ともいえるこれらの人間の節目節目の行事を五・七・五の十七音で祝ってあげることができたら、優雅なコミュニケーションができるのではないでしょうか。電報でもよいのですが、色紙や短冊に書いて届けることができれば、なおのこと喜ばれます。ご馳走を前にしての長い長いスピーチよりも相手の心に届くのです。

慶びの句の実作のコツを一つだけ申しあげますと、それはポイントをしぼることです。あれも、これもとおめでたいことばをいっぱい並べますと、既成品のイメージになって、相手に対するあなたの気持ちが伝わりません。要は、素直に気持が伝わればよいわけですから、肩の力を抜いてすんなり詠む方がよいと思います。

実際に「どのような場合に」「どう詠まれたか」、『バラときく』の作品例で考えてみることにしましょう。

〔誕生〕

大あくびとは生意気なまだ名なし　上野十七八

これは「末娘の初産　昭和39年」とありますから、祖父としての親愛の情で詠まれたものでしょう。慶びの句は必ずしも人に贈るときばかりではなく、ビデオカメラで子や孫の成長を記録するように、自祝のものとして詠まれる場合も多いのですから、これはそのケースにあたります。

笑ったぞ泣いたぞクシャミしたぞ孫　竹山逸朗

月光へ子の子しっかと抱き給え　時実新子

いずれも初孫誕生に際して詠まれたものですが、ことばで飾ろうとしないで、感動した一つのものをしっかりと掴まえて表現しているところがよいと思うのです。
お祝いの句として贈るのでしたら、贈られた人がどんな喜びを胸にしているかを想像して作ってみましょう。

泣き声も確か今日から父となる
さんさんと母子にそそぐ陽のぬくみ
今日からはママの片手に哺乳瓶
もみじの手みつめ充実しています
よく眠りよく泣きうちの宝もの

と、まあ一般的にはこんな作り方がありますが、親しい間柄であれば名前を詠み込んで仕立てあげるとピリッとしてきます。

〔入学〕
オルガンもうれしい夜のうれしい音　　上田　文子

「一女私立高校へパス　昭和40年」と前書きがついていますが、その夜の親子のよろこびがあふれ出ています。自分の子供や孫たちを詠んだのであれば、それは十七音のアルバムとなるでしょうし、親しい人に贈るために詠んだのであれば、「贈答句」「祝吟」として、贈った方のうれしい思い出として飾られることでしょう。

〔成人〕

胸張って二十歳の春は一度きり　田口　麦彦

〔結婚〕

寿という字ばかりの昨日今日　岸本　水府

エンジン快調　春の坂道花ざかり　日下部舟可

〔記念〕

きやり吟社創立二十周年

二十年きやりの声は江戸育ち　篠原　春雨

せんば創立二十周年

わが友の皆若ければ吾れも老いず　岡橋　宣介

番傘創立六十年　昭和四十三年

ゆるぎなき柳史夢あり明日がくる　　磯野いさむ

慶びの句、それは喜びの感動をより多くの人に分かち合うという広い心から生まれるのです。

●別れの句

別れ――人間のいのちに限りがあるからには、必ず一度は訪れる時なのです。親しい人がたくさんいれば、その数だけ別れがやってきます。その人生の終盤へ、敬虔《けん》な祈りを込めて、「別れ」の十七音を詠むのです。

君の骨栗拾うごと拾われろ　　橘高　薫風

友人の死を悼《いた》んでの弔句《ちょうく》で、句集『愛染』の中に収録されています。「栗拾うごと」ということばに、一つのいのちが消えた深い悲しみが込められていると思うのです。

合歓の花母の乳房を焼いて来ぬ　　橘高　薫風

人一倍親思いであった作者が、どんな思いで母を荼毘《だび》に付したかが伝わってくる作品です。この句を収めた句集は、その亡母の祥月命日に発刊されました。

母　乱獅子菊代死す　昭和五十九年
原爆手帖返して母の生おわる　勝田鯉千之

妻　癌に逝く　昭和五十九年
ぼうぼうと妻に訣《わか》れる風の露地　岩橋　芳朗

祖父九十一歳にて逝く　昭和三十八年
文句ない年とは他人様がいう　広瀬　反省

悼　塚越迷亭氏　昭和四十年
どろろんと何やら重い春である　椙元　紋太

前田雀郎を悼む　昭和三十五年
花の雨それにつけても雀郎亡し　石原青竜刀

弔句を詠んだ人も、詠まれる側にいつかは立つときがくるのです。そして、別れの句にはパターンはありません。各人各様の思いを込めた十七音だからです

父の忌へ父を超えざる掌を合わす　田口　麦彦

私の父は、真宗本願寺派の僧侶で一生を終わりました。今、その亡父と同じ齢になってみて、父の大きさがやっと分かりかけてきました。生かされてきたことのしあわせ、生き抜いて行くことの大切さを胸に、これからの毎日を過さねばと思っています。

●年賀の句

最近の年賀状には、なかなか凝ったものが多くなりました。それだけ、「ゆとり」の時代になったからでしょうか。パソコンでの色刷りのもの、手製の版画風のもの、家族といっしょの写真入りのものなど、たいへんにぎやかになって、お正月を楽しくしているようです。

私たちの川柳仲間たちの年賀状には、必ずといってよいくらい一句添えてあります。当然といえば当然なのでしょうが、ありきたりのあいさつではなく、手作りのあいさつとしての十七音が届けられるのはうれしいものです。

せっかく縁あって、この道に入られたみなさんの実用的な作句のひとつとして、年賀句を作ることをおすすめします。

その年の干支《えと》を詠み込んだり、おめでたいことばで祝ったり、また近況報告を兼ねた句を作ったり、いろいろな形の作品が寄せられて、あったかーいお正月コミュニケーションが成立するのです。その作品例を少しご紹介してみましょう。

〔おめでたい言葉を中心に置いた句〕

おめでたい言葉の好きな初明り　富山祥壷
初日の出夢と希望に齢はない　内藤凡柳
元旦の電話めでたい音で鳴る　田中明二
ほろ酔いの背なを押される初詣り　木原広志
初春に夢という字がよく似合い　坂野夫美
おめでたい琴の音城下町の初春　佐藤佐九
当り年になりそう鈴のいい音色　沢幡尺水
丹頂の背へ初夢の夫婦旅　脇屋川柳
酒うまし初日拝んで直ぐのこと　田中好啓
限りある身の夢を織る初春の酒　石原伯峯

〔人生観、年頭の決意を表す句〕

新年の計この道を歩くのみ　松本城南子

老いたれば火の文字多き本を読む　細川　聖夜
武者凧の糸凛として空にあり　梅崎　流青
ふり返る歳一つこえ二つ越え　野口　初枝
マンネリの初日をはじく核の冬　関　水華
いちがつのピアノの音は雪の音　渡辺　和尾
天皇にあやかる干支の同い年　藤島　茶六
振り向かず行こうと決めて新春すがし　森　東馬
齢ひとつすてる笑いの初春である　本田　南柳
人生に矢印のないことばかり　本庄　快哉

〔日常身辺を知らせる句〕

古稀すぎてやっと世間がわかりかけ　東野　大八
七十を迎え墨絵のおもしろさ　去来川巨城
年ごとに年の巡りが早くなり　渡邊　蓮夫
子も孫も健やかにして喜寿の春　藤田きよし
子離れをした気へ娘優しくて　瀬口　安彦
ほのぼのと疎遠の人の賀状見る　林田　悦子

工房でどんどん虹を描いている　加藤　正治
幸せになれひとすじに子をあやす　阿野　文雄
年賀状続く余生を幸とする　越郷　黙朗
おそなえもやや大きめにする新居　松下　佳古

いかがですか。一句添えての年賀状、これなら私も作れそう――と思ったら実行あるのみです。イラストやマンガを書き加えると、さらに楽しいものになることでしょう。

第五章　川柳は時代とともに

1　川柳と俳句の接近

●ボーダーレス時代の中で

現代の社会では、文学・芸術・音楽など人間の精神的創造力を必要とする分野までが、境界のない時代、いわゆるボーダーレス時代に突入したといわれています。社会が成熟して情報化社会になって、インターネットの世界では、国の境界など無用のものとなりつつあるからです。

そういった状況にあっては、同じ五・七・五の文芸である川柳と俳句は、限りなく接近しつつあるのは事実です。「川柳と俳句とどこが違うのですか」という質問が真っ先に飛び出すのは、ごく当たり前のことです。

川柳と俳句は発生の歴史をたどれば、俳諧から生まれた兄弟です。

俳諧の中で、必ず季節を詠み、「や」「けり」「かな」などの切れ字を使うことを約束された「発句《ほっく》」（「俳諧」で一番最初に詠まれる句）が俳句となり、その制約がなく人事・風俗なんでも詠み込み自由な「平句《ひらく》」（「俳諧」で二番目以降に詠まれる句）が川柳となったものです。

その後、兄弟はそれぞれ独自の道を切り開いてきたことは、ご存じのとおりですが、二十一世紀になって急接近しています。理由はいろいろありますが、私は「時代の感性」がそれを求めているのだと感じています。

●口語俳句と川柳

これまで「川柳と俳句の違い」として、①季語が入っているかいないか、②口語体であるか文語体であるか、③「や」「けり」「かな」などの切れ字を使うか使わないか、の三つが挙げられてきました。それが、季語もいらない、切れ字も自由となると、残るは②の口語体か文語体かということになってきます。

でも、その最後のとりでも崩れつつあるのです。口語俳句という川柳にきわめて近い領域のグループがあるのですが、その口語俳句協会が主催する口語俳句協会賞に第39回、第40回と連続して川柳作家の作品が選ばれています。第39回受賞作品は、「少年」（楢崎進弘氏）であり、再度、しかも連続受賞は同協会の史上初の快挙で、俳句・川柳双方のジャンルで話題を呼んでいます。

溢れる水　楢崎　進弘　第40回（一九九九年）口語俳句協会賞受賞作品

約束をしたはずなのに水は溢れ
父よりも淋しい父の蠅叩き

押入れに雨降る平野うずくまり

中年のこぶしをひらく海辺の風景

片手から片手に移す水すこし

連絡がないので丼鉢を洗う

目に滲む電車ゆっくり動きだす

残業がなければ川を見て帰る

蟹の口わずかに動き母を疎む

川涸れて安全靴の紐の緩さ

友達が減って真冬のサングラス

一本の木を見上げれば淋しい魚

牛乳を飲み干す天地さかさまに

わけあってバナナの皮を持ち歩く

加害者として魚屋の前に立つ

あんぱんを食べる九州地方は雨

苦しくてひらく絵本の夜のペリカン

隧道《すいどう》の向こうが見えて鳥痩せる

むかしは少年だった防潮堤つづく

父はきょうも便座に坐る以下余白

楢崎進弘《ならさきのぶひろ》氏は、大阪市在住、一九四二年生まれの作家で、川柳句集として『海・望郷篇』（私家版）を出しています。受賞作品「溢れる水」の口語俳句二十句は、自然を詠む俳句というよりも、自然と対話する形で自分自身の人生風景を読んだ川柳といったほうが適切だと感じています。あえて口語俳句という表現の器《うつわ》を選んだのは、定型川柳「五・七・五」を溢れる思い、特に下五句の止めの決めつけを嫌ってのことではないかと推察します。定型の魔力に引きつけられながらの「思い」が、どの「形」をとれば読者に「伝達」できるかをまず考えます。

●川柳と俳句と短歌

ボーダーレス時代における「川柳と俳句の接近」の状況について、例で申し述べました。

では、二十一世紀は川柳と俳句が合併統合されて一つの文芸ジャンルになってしまうでしょうか。私は、それはないと確信しています。川柳も俳句も俳諧をルーツとする兄弟ではありますが、ジャンルが混在し交差し、さらに刺激し合うことによって両ジャンルとも二十一世紀に羽ばたいて行くと思っています。その川柳と俳句と、そしてあとに「七・七」と続いて三十一音字になる短歌との関係を図で示すと、次のような形になると考えます。

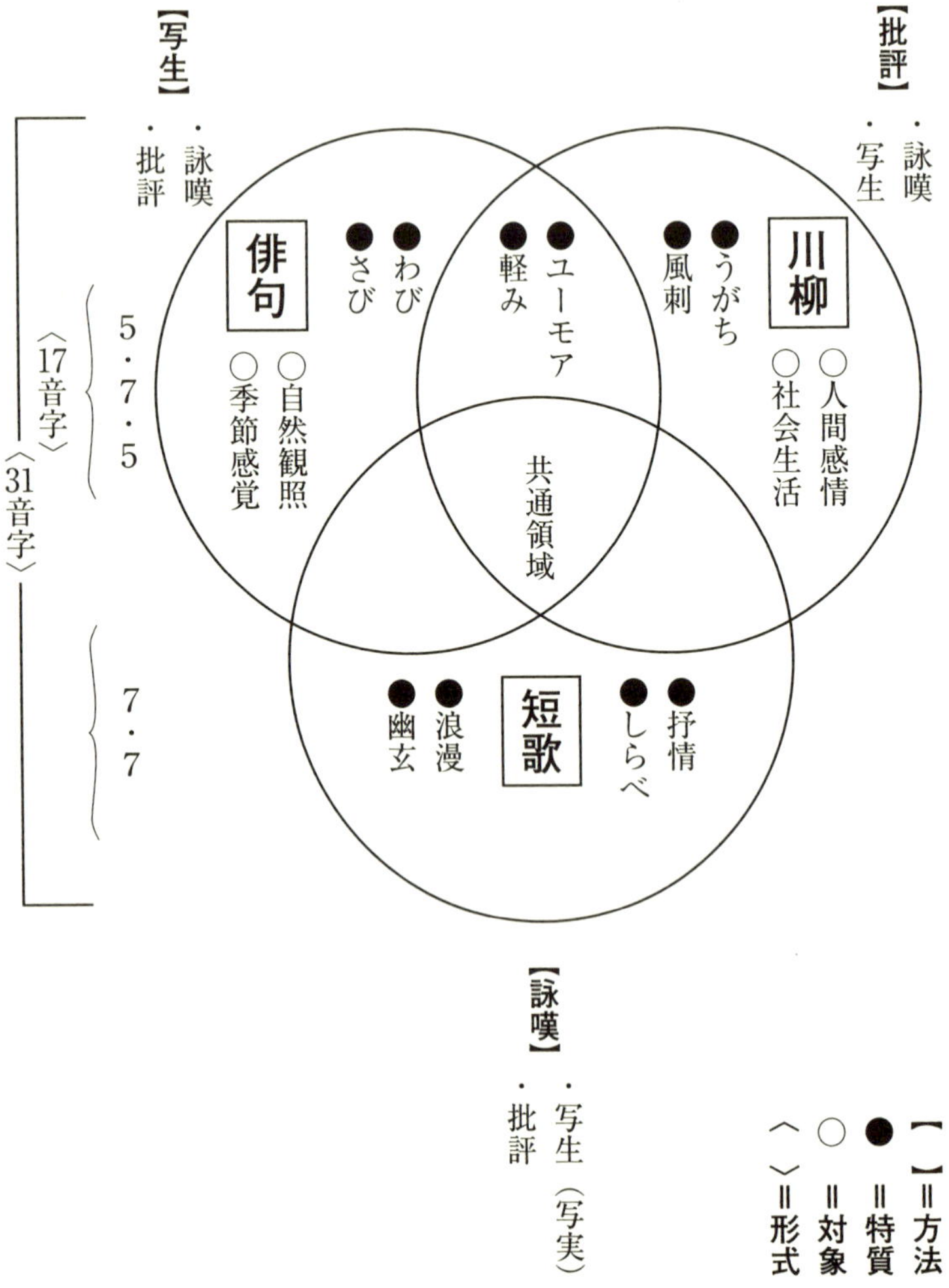
【批評】
・詠嘆
・写生
川柳
●うがち
●風刺
○人間感情
○社会生活
●ユーモア
●軽み
共通領域
俳句
●わび
●さび
○自然観照
○季節感覚
【写生】
・詠嘆
・批評
短歌
●抒情
●しらべ
●浪漫
●幽玄
【詠嘆】
・写生（写実）
・批評
5・7・5
〈17音字〉
7・7
〈31音字〉
【】＝方法
●＝特質
○＝対象
〈〉＝形式

2 イメージ・比喩

●見えないものを見る

二十一世紀は映像・感覚の世紀です。テレビの出現によって花開いた映像の時代は、インターネットというコンピューターの手足を借りて世界中に拡がっています。

人間個人の脳の中の領域であった「イメージ・比喩」が、いまや世界共通のものとして文芸の世界にも入り込んできます。「イメージ」とは、人が心の中に思い浮かべる姿・形象・心象・映像です。それが形となってテレビやパソコンの画面に表現されることによって、おとなもこどももそれを認識し、さらに新たなイメージを拡げて行くのです。

「作家サルトルはかつて、詩人とは、言葉を〈物〉《オブジェ》として創造する人間である、という意味のことを告げた。見えないもの（精神的・主観的世界）を見えるものにする——イメージ化する。すなわち〈物〉として確かに在らしめる、そういう操作の可能な人が、詩人だということだろう。」

（『俳句創作百科　イメージ・比喩』嶋岡晨著、飯塚書店）

現代詩人で短詩文芸にも詳しい嶋岡晨氏のことばですが、コンピューターグラフィックの映像を見ながら、「見えないもの」を「見る」時代になったことを感じつつあります。比喩は、イメージと密着してこれを発展させる表現手段としてあるもので、「風のように走る」「空のように青い」など他のものごとに比較したり関連づけて表現します。たとえば、

梨の名の二十世紀ももう終る　　柴田　午朗

「二十世紀」という梨を食した人たちは数多いでしょう。そのポピュラーな梨に象徴させて、ひとつの世紀の終幕を感じさせるスケールの大きな作品です。第六句集『椎の花』収載。

二十一世紀のぞく眼鏡を丸くふく　　赤川　菊野

「丸くふく」という意志的表現の中に、新しくはじまる世紀への期待と不安が交錯して感じられるではありませんか。細かく読むと、「のぞく」というのは、大胆に足を踏み入れるというより、おそるおそる一歩踏み出してみようかという気持ちの象徴でしょう。

3　時代の感性

●川柳は時代批評

人間には、時代を超えて普遍的なもの、たとえば親子の愛、男女の愛憎、原始的・本能的な欲望などがあります。それを詠むのは江戸時代の古川柳の時代から続いているのですが、川柳という文芸に欠かせないもの、ここでは、時代の呼吸とでも時代の感性とでもいっておきましょう。その時代に生きていたことを証明するもの。それを詠むことが他の文芸と分ける川柳のオリジナリティといってよいでしょう。二十一世紀はズバリ言って地球を変える世紀です。そして、そこで生き残る道を探る人のいのちの世紀でしょう。

真っ白に洗えば海を汚染する　　岩井　澄子

地球環境問題はまさにこの一句に尽きるといってよいのではないでしょうか。

献眼の目で次の世も見るつもり　　北川志津子

告知した臓器と明日の話する　土居　哲秋

「いのち」とはいったい何でしょうか。生物体としての「いのち」。魂が宿る「いのち」。いま真剣に向き合うときが来たのではないでしょうか。

たまご割るドナーカードにある迷い　岡田　玖美
輪廻転生ドナーになっていいですか　岩田眞知子
ドナーカードがララバイを口吟む　松原　幸子
生死混沌ドナーカードは黄蝶の黄　本多　洋子
年の暮命一つに突き當り　前田　雀郎
春の水稚魚のいのちが透きとおり　渡邊　蓮夫
いのちとや音立てて食う母の箸　森中恵美子
尊きはいのち病後の浪費癖　礒野いさむ
思うこといのちのほかに何がある　柴田　午朗
顔洗うたびのいのちを思うなり　柏原幻四郎
いのち惜し生命惜しとて果てる蝿　斧田　千晴

『川柳表現辞典』（田口麦彦編著、飯塚書店）の「ドナー」「いのち」の項に収載している作品です。これらの句を手がかりにして自分のいのち、そして隣の人のいのちを考えます。

4　複眼で批評する

●大義と正義――複数ある正義

マッチ擦るつかのま海に霧ふかし身捨つるほどの祖国はありや　寺山　修司

批評精神を考えるときに、真っ先に思い浮かぶのが、この短歌です。詩、短歌、俳句、川柳のジャンルはもとより、演劇の世界でも強い影響力を与えた人であることは前章でも述べました。

教室にそれぞれの時充たしおる九十二個の目玉と私　俵　万智

これは、その寺山修司が好きだといわれる俵万智さんの『サラダ記念日』の中の一首です。「四十六人の生徒と私」といわずに「九十二個の目玉と私」と言い切った点に注目してほしいのです。人間は二つの目を持っている――複眼であるということです。

神様からせっかくふたつの目を授かりながら、ひとつの視点でしかものごとを見ていないのは、もったいないと思いませんか。二十世紀末には「湾岸戦争」という戦争がありました。これは、見方を変えるとイスラームの世界とキリストの世界との衝突といえます。

同じ地球に住む人間にも、いくつもの違った考え方があって共存しているという現実です。

二十一世紀は、経済はグローバル化し、インターネットを通じて多くのものが世界共通のものとなりました。しかし文明や文化、そして人のものの考え方は、個性化、多様化して見えにくい時代となっています。こんな時こそ複眼で見ることが必要です。

病院の隣はおいしいケーキ屋さん　東川　和子
白魚の跳ねるを食べたのはわたし　福島　銀子
長所だけ見えるメガネを持ち歩く　平田　朝子
たった古希ルンルンさせる試着室　本田　豊實
兵馬傭妻も子もある顔で立ち　高山まち子
五星紅旗歴史は忘れてはならぬ　太田紀伊子
点滴が終わる菜の花畑かな　なかはられいこ
戦いがないのに肉を食べ過ぎる　門脇かずお
さようですかさようです日本人　渡辺　和尾
ゴミの日に古いプライドひとつ捨て　渋谷美和子
欲望という電車に乗らずマイペース　末村　道子

戦争は嫌い　コンビニの明るさ　西秋忠兵衛
マスコミよ老後老後と言わないで　石田　都

二つの目で見れば、わかりやすいことばで批評ができる見本です。

●インターネットを詠む川柳

いまや、若い世代の通信手段となった「メール」や「インターネット」のシステムそのものをどのように五・七・五に切り取っているか――『川柳表現辞典』（田口麦彦編著、飯塚書店）収載作品を覗いてみましょう。

硝子の破片を見せ合っているEメール　吉田三千子
変身の時を待ってるEメール　山本　洵一
電子メールの軽いウインクと遊ぶ　藤原　和美
電子メールの赤紙来たらなんとする　大場　可公
早まるでないぞインターネットから　田頭　良子
よいヒントインターネットから貰う　射場　昭一

インターネットに弄ばれているのかも　本田　南柳
インターネットに振り子がついた未来像　谷本　貞子
インターネットもう呪文などかからない　河合　克徳
インターネット遊び心に灯を点す　山根　つた
インターネット遊ぶ手順がややこしい　吉岡　茂緒

これからのインターネットです。未知数の面もあるでしょうが、挑戦する価値があります。

インターネット覗くと余命忘れそう　田口　麦彦

あとがき

「嫁さんになれよ」だなんてカンチューハイ二本で言ってしまっていいの
「この味がいいね」と君が言ったから七月六日はサラダ記念日

昭和六十一年の角川短歌賞を受賞した俵万智さんの作品ですが、この会話体が入ったライト・ヴァースと言われるものが、短歌の世界だけでなく、短文芸全体の領域にちょっとしたカルチャーショックを与えたものです。

文芸というものが、いま生きている自分を含めての「現代」を写し取るものである限り、その表現方法についても、昨日よりも今日、今日よりもあしたと、常に磨き続けねばならないからです。一呼吸《ひとこきゅう》の詩といわれ、日本人の心のふるさとであるこの七・五調のリズムの中で、私たちの川柳の世界も振り出しに帰って見直す必要があります。

「川柳入門　はじめのはじめ」というタイトルは、入門書のそれというより、むしろいま川柳を作っている人たちへ、もう一回川柳を作りはじめたころを思い起こして、いっしょに勉強しませんか――という呼びかけでもあります。

本文でも触れましたが、川柳という文芸は、入口はきわめて広いのです。三日も熱中すれば、五・七・五の語呂合わせはだれでもできますし、三月も続けると、句会では入選句として読み上げられることでしょう。

でも、その入口が広くて、手軽《てがる》にできるということが落し穴である場合も多いのです。もっと川柳を深くみつめよう――それには、何を、どのように詠むかという目的がはっきりしている必要があります。これまでの入門書のように、作りかたのテクニックを主にならべるということを、あえてしなかったのは、この根っこの問題をまずわかって欲しかったからです。

二十一世紀は、間違いなく高齢化社会であり、情報社会となっています。そういった中では、生き甲斐の問題がまず正面にとらえられ、カルチャーセンターは相変わらず活発になり、情報も選択する時代になっています。

みずから選択した情報でオリジナルな自分史をつづる、そして社会史をつづる――その一つのかたちとして、私は川柳をおすすめしたいのです。親しみがあって、しかも深さがある、この日本固有の短詩「川柳」が、もっともっと世の中に広まってほしい――この思いひとすじに書かせていただきました。

最後に、この本が世に出るにあたって、多忙な中から序文を書いていただいた田辺聖子氏、作品や資料を提供いただいた多くのかたがた、そして飯塚書店の飯塚行男氏に心から感謝して結びとします。

二〇一二年四月

田口　麦彦

本書は二〇〇〇年、東京美術から出版された『改訂新版　川柳入門はじめのはじめ』を大幅に加筆、改訂し新たにしたものです。

田口 麦彦（たぐち むぎひこ）

1931（昭和6）年アメリカ生まれ。日本大学法学部卒。川柳作家・コラムニスト。

熊本県川柳協会会長、川柳噴煙吟社副主幹。（社）日本文藝家協会会員、（社）全日本川柳協会常任幹事、西日本新聞「ニュース川柳」選者、NHK熊本文化センター講師。第18回三條東洋樹賞、第22回熊本県文化懇話会新人賞等受賞。『三省堂現代川柳必携』にて第23回熊日出版文化賞受賞。

著書に『川柳とあそぶ』（実業之日本社）『元気が出る川柳』（新葉館出版）『現代川柳必携』『現代川柳鑑賞事典』『現代女流川柳鑑賞事典』（三省堂）『現代川柳入門』『川柳技法入門』『川柳表現辞典』『穴埋め川柳練習帳』『笑福川柳-ほのぼの傑作選』『地球を読む-川柳的発想のススメ』『フォト川柳への誘い』『アート川柳への誘い』（飯塚書店）など。

選句、解説『ハンセン病文学全集（第九巻）俳句・川柳』（皓星社）

川柳入門《せんりゅうにゅうもん》　はじめのはじめ

2012年6月20日　第1刷発行

著　者　田口 麦彦
発行者　飯塚 行男
印刷・製本　モリモト印刷

株式会社 飯塚書店
〒112-0002 東京都文京区小石川5-16-4
TEL03-3815-3805　FAX03-3815-3810
http://www.izbooks.co.jp
郵便振替00130-6-13014

 ISBN978-4-7522-4011-2

【好評既刊書】

笑福川柳
—ほのぼの傑作選

川柳で笑い飛ばせば今日も元気!

読売新聞西部本社版で連載した『笑福川柳』欄の入選句すべてから、さらに選りすぐった秀句の傑作集です。入選句およそ千六百の中からさらに絞り込んだ六二四句をテーマ別にまとめました。

選者、田口麦彦の川柳コラム7編と風刺漫画のイラストも掲載。立体的で充実した川柳書です。

定価1400円(税別)

田口麦彦編著

四六判並製　192頁
発行:2005/09
ISBN978-4-7522-4007-5

地球を読む—
川柳的発想のススメ

川柳ファン待望の評論書

川柳関連書で、話題性の高い本を多く世に送り出している著者が、地球が直面する諸問題を「川柳」の視点から優しい語り口で問いかける、類書のない川柳評論書。時代を巧みに切り取った川柳作品も紹介し、川柳の持つ可能性を示唆しました。

定価1600円(税別)

田口麦彦著

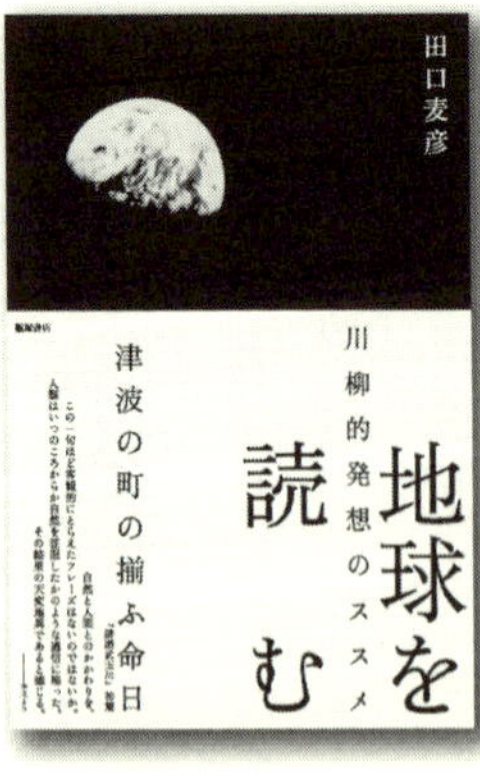

四六判並製　240頁
発行:2008/02
ISBN978-4-7522-4008-2

【好評既刊書】

現代川柳入門

入門と上達の最短コース

ふだん着の言葉で、十七音定型以外は何の制約もなく自在に現代を表現できる川柳の作り方を、軽快で鋭い語り口で易しく説明した。川柳とは…の基本から、人間の詠み方、社会の詠み方、俳句・標語との違いなど、川柳の特性を明らかにします。作句の実例を示し、題詠・自由詠・各技法で創作を実習。引例八百句の川柳入門決定版。

定価1886円(税別)

田口麦彦著

四六判上製　288頁
発行:1994/04
ISBN978-4-7522-4001-3

川柳技法入門

川柳を作る方法と技術

川柳の作り方の初歩から、上達の秘訣を、具体的に例句を引き、四項目に分けて説明。
I 添削は原作者と添削者の対話。
II 推敲は一句の形を整え、命を吹き込む作業。
III 技法は表現の技術。リズム・音感・比喩など。
IV 鑑賞―古川柳(うがち・ユーモア・軽み)。
現代川柳―新川柳の始まり。引例九二五句。

定価1886円(税別)

田口麦彦著

四六判上製　240頁
発行:1994/09
ISBN978-4-7522-4002-0